悪役令嬢に転生した母は
子育て
改革
をいたします
～結婚はうんざりなので
王太子殿下は聖女様に差し上げますね～

主な登場人物
ソフィア
領地でオリビアが出会った、５歳の子ども。オリビアに助けられ、ともに生活することとなる。
ヴィルヘルム・ディ・ハミルトン
王太子で、オリビアの婚約者。真面目で責任感が強いが、母親の影響で人間不信の一面もある。オリビアのことを避けていたはずだが、実は……？
オリビア・クラレンス
「トワイライトlove」という小説に登場する、悪役令嬢。転生後の人格が現れるまでは、王太子に執着していた。前世は３児の母で、子どもが大好き。

アナトリーン・ディ・ハミルトン
王妃。ヴィルヘルムの母。ヴィルヘルムとの仲はあまり良くない模様……？
ロバート・スレイヤー
クラレンス公爵家の家令。紳士的で、公爵家からも信頼されている。
フェルナンド・クラレンス
クラレンス公爵。オリビアの父。オリビアのことを溺愛している。
マリーベル・スレイヤー
オリビア付きの侍女で、穏やかで優しい性格。いつもオリビアの味方。
ゼファー
王太子・ヴィルヘルムの陰の護衛。ヴィルヘルムからの命で、オリビアに同行し、領地に行くこととなる。

Contents

悪役令嬢に転生した母は子育て改革をいたします

～結婚はうんざりなので王太子殿下は聖女様に差し上げますね～

Tubling

イラスト
ノズ

1章　目覚め

だんだんと呼吸が浅くなる……あぁ……そろそろお迎えが来るのね……。

私の周りで3人の子供たちが泣いている……その隣りで夫が何か言っている……後悔があるとすれば子供たちを残していく事。

ごめんね、こんなお母さんで……幸せに……な……て……――


プツンッ。


私の意識はそこで途切れ、暗闇へと落ちていった。

最期はお迎えが来ると思っていたのに……来なかったな……。

◆◇◆◇◆

ゆっくり目を開けると、眩《まぶ》しいほどの日差しと美しい模様の天井、そしてシャンデリアが輝いている。ここが天国ってやつね……なんて綺麗《きれい》……うっとりと目の前に広がる光景に浸《ひた》っていると、意識がはっきりしてきたのでゆっくりと起き上がってみた。

さっきまで病院のベッドで寝たきりだった自分は、まるで中世ヨーロッパのお姫様になったかのような部屋の豪華なベッドで寝ていた。ベッドの寝心地はまさに天国のようなフカフカ具合で、ずっと寝ていたいと思わせるほど。

でもここは……天国、なの？

何かおかしい……天国に行った事もないのにおかしいも何もないのだけど、明らかに人が住む家のように見える。

あの時、確かに命は尽《つ》きたはずだわ——

私は末期の乳ガンだった。３人の子供の母で、子育てしながら朝から晩まで働き詰め、病気に気付く間もなく働いていたら症状を発症し、時すでに遅しという状況に……30代と若かった事もあり、あっという間にガンは転移し、そのまま亡くなった……はずだ。

私の周りで可愛い子供たちが泣いている姿を見たし、夫もそこにいたはず——全く子育てに無関心で家事にも無頓着《むとんちゃく》な夫が。

そう、私は家の事をほぼ一人で全て回していたのだ。

子供たちは可愛かったけど、夫に対しての気持ちは冷え切っていた……最後も何か言っていたような気がするけど、おおかた私がいなくなったら子供たちはどうするんだとか、そんな事でしょうね……辛辣《しんらつ》な言葉しか出てこない。

来世があるのなら結婚はうんざり。子供だけ育てて生きていけたら、どんなにいいか。

頭の中で色んな考えがぐるぐるしていると、ふいに扉がトントンとノックされる。自然と「はい」と返事をすると、扉がそっと開かれた。

「あ、お目覚めになられましたか、お嬢様……」

私の顔を見て心底ホッとしたような表情をした、この可憐《かれん》な女性は誰？　全く記憶にない可愛らしい女性の登場に戸惑いながら、彼女の顔を見つめていた。

あまりにもジーッと見つめていたせいか、その女性は私の顔を覗《のぞ》き込み心配そうに額に手を当てる。

「お熱は下がられたようですね……まだボーっとしますか？　オリビアお嬢様」

オリビア？　今、オリビアと言った？

私を見てオリビアお嬢様と言ったその女性は、何か間違った事を言っただろうかとキョトンとしている。

目が覚めた時、確かに少しだけ違和感を覚えていた。まさか、と思い可愛らしい掛け布団をよけてベッドから下り、立ち上がろうとすると眩暈《めまい》で立ち眩《くら》みがする。

「お嬢様！」

すぐにその女性が駆けつけて支えてくれた。

「申し訳ないんだけど……ドレッサーのところまで支えてくれる？」

「承知いたしました。でも、無理はなさらないでくださいね……高熱で6日ほど寝込まれていたのですから……」

「6日……」

その言葉にも驚きを隠せなかったけど、とにかく色々と確認しなければ。でも、さすがに脚に力が入らない……何とか力を借りて、重い体を引きずりながらドレッサーまで辿《たど》り着く。

小さな椅子に座らせてもらい、自分の顔を鏡に映すと、世にも美しいお姫様がそこにいた。

この美少女は、どちら様？

ツヤツヤのラベンダーピンクの髪が腰の辺りまで伸び、陶器のような白い肌にほんのりピンクがかった艶《つや》の良い唇は形が整っている。世の男性が見たら誰もがその唇に触れたくなるに違いない。

「これが、私？」

家事のしすぎで荒れ放題だった手は、指先まで綺麗に手入れされているし、何もかもが自分のものとは思えなかった。そんな私の様子を見ていた女性が誇らしげに言う。

「はい！　お嬢様は世界一美しいです。寝込んでいましたので少しお痩《や》せになられましたが……でも美しさは全く変わりません！」

……なんて可愛い事を言ってくれるのかしら、抱きしめてあげたい。ところどころで30代だった自分が出てきて、お姉さんのような気持ちになってしまうのだった。

こんな美少女が私だなんて全然信じられない。おもむろに頬《ほお》をつねってみたら、案の定とっても痛くて涙が滲《にじ》む。

「お嬢様！　何をなさいますかっ」

せっかくの美しいお肌が！　とあたふたする姿がとても可愛い……とにかく自分は何者で、この女性は誰なのか理解する必要があるわ。

オリビアという名前にラベンダーピンクの髪、中世ヨーロッパのような部屋、ハニーブラウンの髪を一つに束ねている女性……待って、心当たりがあるわ。

ひとまず女性に自分の本名を聞いてみる事にした。

「ねぇ、私の本名って……」

「お嬢様のお名前ですか？　私のような者が口にしてよいのか迷うのですが……」と口ごもるのでどんだけ偉い人物なの……と思いつつ「構わないわ」と催促するとおずおずと口にしてくれた名前に仰天した。

「オリビア・クラレンス様です」

「⁉」

そ、その名前にはとても心当たりがあるわ。私が大好きだった恋愛ファンタジー小説に出てくる登場人物じゃない‼　オリビアは確か悪役令嬢で、最後は処刑される運命なのよね……。

病死する前の私の唯一の趣味が小説を読む事で、忙しい合間をぬって少しづつ読み進める事が大好きだった。

特に大好きで読み込んでいたのが「トワイライトｌｏｖｅ」という小説なんだけど、王子様が異世界からの聖女と共に世界を平和に導き、二人は結ばれるという王道の恋愛ファンタジー。

王子様は元々公爵令嬢と婚約していて、聖女の出現によって立場がなくなった公爵令嬢が王子様だけは奪われたくなくて、あの手この手で聖女を排除しようとするのよね……社交界で大恥をかかせてみたり、暗殺者を雇ってみたり、最終的に毒殺しようとしたり……全部失敗するんだけど。

最後には全て犯人が公爵令嬢だと発覚して彼女は処刑、家も取り潰《つぶ》しになり聖女と王子様はようやく一緒になれた、というハッピーエンドで終わる物語。

その小説に出てくる王子様の婚約者が、公爵令嬢であるオリビア・クラレンス。クラレンス家の一人娘で母親が早くに亡くなってしまったから、公爵はこれでもかっていうくらいオリビアを甘やかしたが為に、とっても我が儘《まま》で粘着質な性格に育ってしまって……すっかり悪役令嬢になってしまうのよね。

あんな最期になってしまったけど、私はオリビアの人間臭さが好きだった。彼女は王太子の事が本当に好きで初恋だったはず。王太子妃候補に選ばれ、ずっと一途《いちず》に想い続けて王太子妃教育も頑張っていたのに、ポッと出の聖女に立場を奪われてしまうだなんて。

世の中不公平だわ。

能力がある人間にはどう頑張っても勝てないっていうのが……読んでいてオリビアが可哀想《かわいそう》で仕方なくて。彼女が幸せになるルートをあれこれ妄想した事もあったな。

それにしても、オリビアってこんなに美少女だったのね、そりゃ我が儘になるわと納得するほどの美少女だった。こんなに美しくてお金持ちなら、何でも手に入ってしまいそう。

そんな事を思いながら鏡の中の自分をまじまじと見ていると、心配した女性が声をかけてきた。

「お嬢様、まだ頭がボーっとしますか？　ひとまずベッドに戻りましょう。それから公爵閣下とお医者様をお呼びいたしますね！」

そう言って私を支えてベッドまで連れて行ってくれた後、ペコリと頭を下げて部屋を出ていった。彼女は、おそらくオリビア付きの侍女のマリーベルだろう。

小説ではマリーと愛称で呼ぶほど二人は仲が良かった。というのもマリーベルはオリビアの乳母《うば》の子供で、オリビアより2歳年上であり、母が早くに亡くなったオリビアにとっては乳母のメンデルが母親代わりでもあったので、二人は幼い頃から一緒に育った姉妹のような関係でもあった。

マリーベルがオリビア付きの侍女になったのもそれが最適であると父親である公爵が判断し、オリビアも彼女の言う事なら従ったからだ。それほど仲が良い関係だったので、オリビアがおかしくなり処刑された後、マリーベルはオリビアのあとを追って命を絶ってしまう。

私にはそれが本当に悲しくて辛《つら》いお話だったのよね……この世界のマリーベルも変わらず優しくて、オリビア思いの良い子……絶対に小説のような最後にしてはいけない、そう固く心に誓うのだった。

それと同時に廊下の方がバタバタと騒がしくなってきた。

慌《あわ》ただしく扉が開かれると、真っ先に入ってきたのは紫色の髪を後ろに束ねた美しい男性で、心配そうに駆け寄ってベッドサイドに跪《ひざまず》き、私の手を両手で握ってきた。

「オリビア！　やっと目覚めてくれた……体の調子はどうだい？　どこか痛むところはないか？」

熱烈な歓迎に戸惑ってしまったけれど頭は冷静で、オリビアにそっくりなこの人物が、オリビアのお父さんであるクラレンス公爵である事はすぐに理解できた。

「お父様、ご心配をおかけして申し訳ありません。少し体がだるいですが、オリビアは大丈夫です」

そう言ってぎこちなく微笑んでみると、オリビアと同じ美しい顔がパッと明るくなり、涙を浮かべながら語り始める。

「6日間も目が覚めなくて……どんな医師に診《み》せても何が原因で熱が下がらないのか分からないと言われるし……正直5日目になっても熱が下がらないから、もうダメかと……お前の体力がもたないと思って……」

ハラハラと涙が流れる姿が、それはもう美しかった。男性の涙を見たのは初めてだったのだけど、こんなに美しい涙は初めてじゃないかしら。

私の事をただただ心配して流してくれている美しい涙……父親というのはいいものだな、とじんわりと心が温かくなる。

「お父様、オリビアはお父様を置いていなくなったりはしません」

涙を指で拭《ぬぐ》ってあげながら、安心させる為に優しく微笑んだ。

その言葉に感動したのか、お父様がうるうるしながら「オリビア……」と呟《つぶや》いたと同時に「オホンッ」と大きな咳《せき》払いがお父様の背後から聞こえてくるので、二人でそちらに目を向けて見る。

そこに立っていたのはサイドの白髪を後ろに流し、口ひげを蓄えた王宮医のメローニ医師だった。

彼は王族専用の王宮医で、どんな医師に診せても分からないと言われたお父様は、最終的に陛下に頼み込んで王宮医に私を診てもらったのだと言う。

今はまだ王太子と婚約中だから診てもらえたのだろうな……。

「ふむ……熱はすっかり下がっておりますな。体の状態もすこぶる良さそうですし、脈も安定している」

「では……娘は……」

お父様が食い気味に聞いてくるので、お年を召した体をのけ反らせながらメローニ医師は「日に日に良くなっていくでしょう」という言葉を必死に返してくれた。

お父様とマリーが大喜びしている姿を見て、これで良かったのかもしれないと思えた。ふとした瞬間に病死する寸前の子供たちの姿を思い出して胸が痛くなっていたけど、この世界にも私の無事をこんな風に喜んでくれる人がいる。

それがこんなにも嬉《うれ》しいなんて……。

そうして喜びに浸っていた為、お父様が「王太子殿下にお知らせしなければ……」と言って出て行った事に私は気付いていなかった。

王宮医のメローニ医師も「やれやれ」と安心して去っていくと、部屋には私とマリーが二人きりになったので、色々お世話をしてくれた感謝を述べてみる。

「マリーにも心配かけたわね……看病してくれてありがとう」

そう言葉をかけると感激したように目を潤ませたマリーは、自分の涙を拭いながら、熱で浮かされていた時の事を語り出した。

「お嬢様がなかなか目覚められないので、王太子殿下が心配してお顔を見にいらしてくださったのですよ。心配そうに手を握られて……お元気になられましたら、お礼のお手紙でも差し上げたらお喜びになると思います！」

そう言ってニコニコしているマリーの言葉を聞いて、頭を鈍器《どんき》で殴《なぐ》られたような気がした。

私はまだ王太子と婚約中なのだ。今は何歳かは分からないけど、将来的には王太子が聖女の方を選び、私は王太子妃から脱落する……王太子の中にオリビアに対する恋愛感情などなかったはず、なのに手を握って心配していたですって？

病死する前の夫との夫婦関係が冷え切っていた事もあり、すっかり私は男性不信に陥っていた。王太子のその行動を聞いただけで寒気がしてしまう！

どのみち婚約破棄される運命なのだから、今のうちに早めに破棄してくれないかしら……ニコニコするマリーを横目に王太子と破局する方法を悶々《もんもん》と考えていたのだった。


その後マリーは「少しお休みください」と寝床を整えてくれて、優しく微笑むと静かに部屋を出ていった。やはり体力が落ちていた為、少しうとうとしていると、すぐに深い眠りに落ちていく。

忙しく子育てに追われる私が見える……これは病死する前の記憶ね……子供たちはそれぞれ年齢は離れていたけど皆可愛くて、この子たちの為ならどんなに辛くても生きていけると思っていたなぁ……さすがに病気には勝てなかったけど。

忙しい中でも誕生日にはケーキを買ってお祝いして、夏はプールにも連れて行ったし、クリスマス会をしたり……その全てに夫の姿はほとんどない。

仕事が忙しいとか、取引先がとか、付き合いがとか、様々な理由で家には寄り付かなかった。

子供たちさえいてくれれば頑張れる。そう思っていたのに……

中途半端な状態でいなくなって、ごめんね。


何度も何度も謝って――涙を流しながら目が覚める。

「……夢……」

眠る前は日差しが明るかったのに、いつの間にか夕暮れ時の日差しに変わっていた。

やっぱり私は病死して、小説の世界に転生してしまったのね。寝落ちして目覚めてもこの世界で目覚める。

転生した事実を受け入れなければと思いつつ、私はよほど子供たちへの未練が捨てきれないでいるらしい。それもそうだ……ずっと一緒にいた。どんな時も一緒で……一人で頑張る私を励ましてくれる時もあったし、喧嘩《けんか》したり叱《しか》ったりする時もあったけど、子供たちの笑顔や言葉で全て吹っ飛んだ。


子供は宝、まさにそんな生活だった。

宝物を失った私には、もはや何もない。これからどうやって生きていこうかな……そんな事をぼんやり考えて窓の外を見ていた。

この世界は一見平和だが、国としては廃《すた》れ始めているって書いてあったような……政治の腐敗が進み、私腹《しふく》を肥《こ》やす貴族が増え、財政はどんどん逼迫《ひっぱく》していく。弱った国は他国からつけ入れられやすい。

どこの世界も上が阿呆《あほ》だと大変ね、と苦笑いが漏れる。

案の定、戦争を吹っ掛けられそうなところを聖女が現れて国を守ってくれたから、誰も血を流さずに済んだっていうお話なのよね。

それくらい聖女の力は近隣諸国にとっても影響は絶大で、聖女が現れた国は繁栄するとも信じられている。

まぁそんな聖女に勝てるわけはないし、早めに隠居して好きなように生きた方が処刑もされなくて済むわよね。

お父様はそんな不正を働いたりはしていないだろうけど、貴族の腐敗か……小説では、公爵領でも貧しくて物乞《ものご》いしている子供たちが出てきたわ。物乞いしている子供を想像しただけで胸が痛んじゃう——

お父様に領地について聞いてみようかしら？　女が口を出すなと言われてしまうかしら……私が目覚めた時にハラハラと涙を流してくれた美しい父の姿がよみがえり、胸が温かくなる。

いいえ、お父様なら私の話を真剣に聞いてくれるはず。

「その為には早く体力をつけなきゃね」

やりたい事が見つかった気がした私は、まずは体力がなくては何も出来ないので、しっかり休み、よく食べるという基本的な事を頑張ってみる事にした。

◆◇◆◇◆

そうこうしているうちに目覚めてから4日が過ぎた頃、慌ただしく走る音が廊下から聞こえてくる。

そして丁寧《ていねい》なノック音がしたと同時に部屋の扉が開かれ、マリーが慌てて入ってきた。自室のテーブルにて、お見舞いの手紙に返信を書いている最中だったのだけど、いつもなら返事をするまで入ってこないマリーなのに……

「そんなに慌ててどうしたの？」

不思議に思った顔をしていると、マリーは興奮した面持《おもも》ちで話し始める。

「お嬢様、落ち着いて聞いてくださいませ……なんとこれから、王太子殿下がいらっしゃるという知らせが先ほど届きました！」

スーーン……

「ふーん……」

マリーは興奮しているようだけど、私には全然驚きもないし、むしろ厄介《やっかい》者が来たなという認識しかない。何の知らせかと思いきや、すっかり白けてしまった私は「そう」とだけ返した。

婚約者が6日ぶりに目覚めたのにすぐにお見舞いどころか4日も経ってからようやく来るとか、よほど婚約者に対する気持ちが冷めている証拠じゃないかしら。

そんな人が来てくれて嬉しいだなんて思うわけがないし、このまま来なくても良かったのにとすら思っている。

マリーは、そんな私の気持ちなどお構いなしに興奮気味に「今すぐ身支度《みじたく》を整えますね！」と鼻息を荒くしているのだった。


マリーがすぐに支度を済ませてくれて、ベッドに横になりながらどうやって婚約破棄を告げようかと思案する。

突然婚約破棄の話をしたら、さすがにどうしたと思われてしまうわよね……どのようにもっていけば自然かしら。

熱に浮かされている間に殿下の婚約者に相応《ふさわ》しくないと気付きましたの……う――ん、不自然すぎる。だってこの小説のオリビアは、それはそれは王太子殿下が大好きで、片時も離れたくないほどに大好きオーラが溢《あふ》れていたのですもの……親同士が決めた政略結婚ではあるけど、8歳の時に婚約の顔合わせをした時から聖女が現れるまで一途に想い続けたオリビア。

王太子妃候補としての厳しいお妃教育も王太子殿下の為ならって耐えられてしまうほどに。

本来なら15歳になった貴族は教育機関であるトワイライト学園に通わなければならず、そこで様々な知識や教養を学び、18歳で卒業する。

それと同時に婚約者のいる者は結婚、という流れなのだけれど、未来の王太子妃としての教育を受けているオリビアは学園での教育を特別に免除されている。

授業に出ないにもかかわらず、王太子に会いたいが為に学園にも足しげく通っていたのよね……自分がした事ではないにしても穴があったら入りたい。

ちょっとしたストーカー……しかも王太子に群がる女生徒は皆敵のように威嚇《いかく》していたし、正直、歓迎されている雰囲気は微塵《みじん》もなかった。

「そんなオリビアが突然婚約解消したいだなんて、天変地異もいいところよね」

……そうよ、学園に通わなくていいのだから、それを逆手《さかて》に取ればいいのでは？

しばらくの間、療養という名目で領地に行きます、と言って公爵家を離れ、領地で過ごす。

その間に殿下の考えも変わるだろうし、聖女も現れてお役ご免になるんじゃないかしら。ちょうど領地を見てみたいと思っていたし一石二鳥じゃない。

うん、そうしよう。それがいいわ。

そんな事を考えていると、自室の扉がノックされた。


――コンコン――


どうぞ、と返事をすると扉が開きマリーが顔を出した。

「お嬢様、王太子殿下がいらっしゃいました」

マリーが私に伝えに来てくれたので、ベッドで横になっていた私は上体を起こし、布団を整える。

そうして扉から入ってきた王太子殿下は、それはそれは眩しくて神々《こうごう》しい光を放っていた。

なにこれ、どんなエフェクトがかけられているの……絶対この世の人間じゃないわ……漆黒の髪が艶を放っていて、少し斜めに流している前髪から覗く瞳はアイスブルーがかっている。

襟足は少し長めだけど整えられていて、鍛え抜かれているとすぐに分かる体は胸板が厚く、腰はくびれ脚はスラリと長いというバランスのいい体形だ。

おまけに顔はクールだが王太子としての物腰の柔らかさを感じさせる微笑みを絶やさない。

これでは世の女性はイチコロだわね。

実際オリビアもイチコロだったわけだけど……今の私には中身が分からない不気味な笑みにしか見えない。これが王族ってやつね……こちらも微笑みを絶やさず対応しなければね。

「体調はどうだい？　６日も意識が戻らなかったと聞く。少しずつ体力が回復してきたのではないかと顔を見に来たよ」

「殿下におかれましては、わざわざご足労いただき感謝いたします。わざわざお越しになられなくとも回復しましたら、こちらからご挨拶《あいさつ》に伺《うかが》おうと思っておりましたのに……」

全く顔を見たいだなんて思っていなかったくせにそちらから来なくてもよくてよ。そんな意図を込めて言った言葉は全く違う意味に捉《とら》えられたようだった。

「そうだな……君なら、自ら挨拶に来ただろうな……」

なんだか私の言葉が信じられないといった感じ。

……オリビアがぐいぐい迫っていた事を思い出しながら、自分の発言は間違っていないと思う事にした。

「ゴホッゴホッ……ずっと熱が下がらなかったものですから……お見苦しい姿をお見せして申し訳ありません。なかなか体力が回復しなくて……私、療養の為に領地に行こうかと思っているのです」

「……領地に？」

さすがにこの発言には驚いたようで、殿下は目を見開いてこちらの真意を窺《うかが》っている。あなたに会いたくないのよ、とは言えないわよね……。

「はい、ここ王都では何かと落ち着いて過ごす事が出来ずにいましたので。領地の自然豊かな土地で、ゆったりと過ごすのもいいんじゃないかと考えましたの」

そう言い終えて殿下の顔を見上げると、明らかに物言いたげな表情で固まっていた。滅多《めった》な事では表情を崩さない殿下が、さすがに驚きを隠せないでいる。

そりゃそうよね、殿下から絶対に離れないとばかりにストーカーのような行為を繰り返していた人物が、自分から離れると言った上に自然と戯《たわむ》れたいだなんて、オリビアが絶対に言いそうにない言葉を言っているんだもの。でも前世の私は自然大好きだし、働く事が好きだった。

確かにお金の為に働いていたのだけど、それ以上に働く事が好きで、夫との関係以外は充実していたのよね。

子供たちと自然の中で遊ぶのも好きだったし、貴族としての生活よりもよほど楽しく暮らせると思う。

そう考えると早く領地に行きたくなってきたわ。

「殿下に会えなくなる事は、とても寂しいですが……ゆっくりと心身ともに癒《いや》されたいと思っております」

あなたと離れた方が癒されると思いますの。そういう皮肉も込めて言ったつもりだったのだけど、とにかく動揺した様子で言葉を絞り出すのがやっと、という感じで「わ、分かった……」とだけ呟いて沈黙してしまった。

「……殿下？」

しばしの沈黙が気まずくて私の方が先に言葉を発してしまう。やっぱり動揺しているのか次の瞬間、殿下は突然立ち上がり、扉の方へ歩いて行ってしまうのだった。

「あ、あの……」

「また、こちらから連絡するよ。……今度は領地の方に」

少し振り返りながら、そう言って去って行ってしまった。なんだったの……明らかに様子がおかしい殿下が気になったけど、領地に連絡するという事は了承してくれた、という事よね？良かった……とホッと胸を撫《な》でおろした私は、次にお父様を説得しなければ、と考えを巡《めぐ》らせていたのだった。


その日の夜、お父様が帰ってきたという知らせをマリーから受けた私は、お父様がいる執務室へと向かった。

本当は療養しなければならないほど体力が落ちているわけでもないし、このくらいの距離なら自分の足で歩いていける。

きっとこの話を聞いたら驚くだろうな。あんなに娘思いの父親を困らせる事は言いたくない。でも自分のやりたい事の為に戦わなくてはならない時もある、と自分を奮《ふる》い立たせて扉をノックした。


――コンコン――


「入りなさい」

中から声が聞こえたので「失礼します」と言いながらそっと扉を開いて顔を覗かせた。そんな娘の顔が見えたからか、お父様はパッと表情を明るくして歓迎してくれる。

「どうした、そんなところに立っていたら体が冷えてしまう。さぁ、入りなさい。お茶を入れよう」

「いいのです、私が入れますわ！　お父様はお座りになって」

帰ってきたばかりのお父様にお茶を入れさせるわけにはいきません。そう言わんばかりの娘の態度に顔が緩む公爵は、ニッコリと微笑み「じゃあお願いしよう」とソファに腰かけた。

お茶を入れながらお父様をまじまじと見る。

紫色の髪がツヤツヤで美しい顔立ちにスタイルのいい体、紳士的な振る舞い、陛下の信頼も厚い現公爵閣下……女性が言い寄ってこないのだろうか、と不思議になるほどだった。

オリビアの母親が亡くなってから、そういう話は全然書かれていないのよね。全く浮いた話がないっていうのが信じられないくらい優良物件なのに。

そんな事を考えながらお茶を差し出し、私も向かいのソファに座り、お父様に向き合う。

「体調は随分《ずいぶん》良くなったようだね。安心したよ……こんな時間に私の元へ来たという事は、何か話しておきたい事でもあるのかな？」

そう言うお父様の顔を見ると、あぁ、殿下から聞いたのだなとすぐに分かった。殿下には体調が優れないから領地に療養に行く、と伝えているにもかかわらず、目の前の娘は体調が良さそうなのだ。

何か思惑があると見抜かれているのね……親バカだけど、やはりそこは公爵ね。さすが、私のお父様。

そんな事を思いながら、私はゆっくりと口を開いた。

「お父様……お父様にお願いがありますの」

2章　出発

その日は素晴らしい快晴で、雲ひとつない空が私のこれからを祝ってくれているかのような気がした。

私が異世界に転生してから2週間あまり経った。

お父様の執務室を訪ねた日、私はお父様に2つお願いをしたのだけど、その一つが領地で過ごしたいという事。これについてはすぐに了承を得る事が出来たのよね。

殿下から聞いていたのもあるのだろうけど、何より私の気持ちを優先しようとしてくれる優しさが伝わってきて本当に嬉しくて……生まれ変わって、こんなに素晴らしい父親に巡り合えるというのもそうないと思う。

そしてもう一つは殿下との婚約の話。この話については保留となった。私自身も今すぐどうこう出来る問題とは思っていなかったし、お父様には私の気持ちを知っていてほしくて、ありのままの気持ちを伝えてみたのだ。

殿下はおそらく私の事が嫌いだという事、私自身も結婚するより領地経営に興味がある事、広い世界を見てみたいという事……お父様は目を細めて私の話に聞き入ってくれていたけれど、実際はどう思ったのかしら。

私の話を一通り聞いて、よく分かった、と言った後「婚約の話は私に預けてほしい」と言われてしまったので、お父様を信頼して任せるしかなくなったのよね。

まぁどのみち、聖女が現れたらそっちの方にいくでしょうから、それまで極力関わらないでいられたらいいんだけど。

そんなやり取りを終えて、私の体力が領地までの道のりに耐えられるくらい回復してきたところで、領地で過ごす為の持ち物や衣服などの私物を用意する事になった。それに結構時間がかかってしまって……貴族の持ち物ってこんなに多いの!?

領地では身軽に動くつもりだったから、平民のような簡易服しかいらないと思っていたのに。マリーにそんな事をブツブツ言ったら「そんなわけにはいきません！」って怒られてしまう。

今は季節が春、３月くらいかしら……庭の花が蕾《つぼみ》を付け始め、これから新しい事が始まる予感にワクワクしてくるわね。

当然の事ながら、私が領地に行くというのは小説の中にはない出来事なので、あの小説通りには進んでいないという事になる。

そうなってほしいし、そうでなければ困るわ……お父様やマリーが悲惨な目にあう未来は絶対見たくないし、私だってせっかく転生したのにまた死にたくないもの。

「これで持ち物は全部揃《そろ》ったかしら？」

どっさりと積み上げられた自分の持ち物を見渡しながら、一息ついた。マリーはまだ確認の作業中ね。

「お嬢様が快適に過ごせるように手抜きは許されませんからね！」

随分張り切ってるわね。

本当は一人で行こうと思っていたのだけど、話を聞きつけたマリーが鼻息を荒くして「私も付いていくに決まっているじゃありませんか！　まさか置いていこうと思っていたのでは……」と泣きそうな顔をするから、置いていくわけにはいかなくなってしまったという。

マリーとお父様には本当に弱い私。

でも領地に行ったらやりたい事が沢山あるから、正直彼女が来てくれるのは非常に助かるし心強い。

「ありがとう、マリー」

ぽそっと独り言のように言った言葉は、マリーの持ち物点呼の声にかき消されていったのだった――

そして出発の時間がやってきた。

お父様と公爵邸の使用人の皆がお見送りに来てくれて、馬車の前で皆に向き合う。

「お父様、皆、行ってまいります」

出発の挨拶だったのだけどお父様が私に近寄ってきて、優しく包み込むようなハグをしてくれた。宝物を包み込むかのような優しいハグ。

「一人で旅立ってしまうんだね……寂しいなぁ。娘の成長というのは喜ぶべきものなんだろうけど……」

そう言って唇を尖らせながら、涙目で子供のように拗《す》ねるお父様の姿にクスリと笑いがこぼれる。

「閣下、お嬢様がお困りでございますよ！」

そう言って窘《たしな》めるのは恰幅《かっぷく》の良い女性料理長のルイズ。私が幼い頃から公爵邸の料理長を任されている、信頼出来る料理人だ。

「ふふっ皆、お見送りに来てくれてありがとう。お父様がきっと寂しがると思うから……父をよろしくお願いしますね」

私がそう言うと皆が「もちろん！」と言って笑顔になったので、そろそろ出発しようと馬車に乗り込んだ。これ以上は名残《なごり》惜しくなっちゃうもんね。

「お父様、お手紙書きますから……では、皆、行ってきます！」

そうして馬車はゆっくりと領地に向けて走り出したのだった――

◆◇◆◇◆

ハミルトン王国の第一王子、王太子にして王位継承者であるヴィルヘルム・ディ・ハミルトン。それが私の名前だ。

私には幼い頃から親同士が決めた婚約者がいた。公爵家の令嬢で、名はオリビア・クラレンスという。

彼女はラベンダーピンクの髪をしていて、大きな釣り目で気が強そうだが、最初に会った時は目に涙を溜めてプルプルしながら怯《おび》えていた。

しかし、一生懸命挨拶してきた姿は可愛らしかったな。

私が10歳、オリビアが8歳の時に初めて顔合わせをした。私は存外オリビアを気に入り、相手もそうである手ごたえを感じて素直に喜んでいたはずだった。その後正式に婚約が結ばれ、顔を合わせてはよく一緒に遊んだし、一緒に学び、共に国を治めていこうと思えるパートナーに出会えた事を幸せに思っていた。

いつからか彼女に対して良くない噂が聞こえるようになり……男好きだとか、くだらないものばかりで本気にはしていなかったのだが、彼女を気に入っていた私は、オリビアが違う男と話している事が無性に腹立たしい気持ちが芽生える。今思えばつまらない嫉妬《しっと》だ。

噂と相まって、段々とそんな彼女の存在に苛立《いらだ》ち始めた。

私に近づく女には威嚇するのに自分に寄ってくる男には愛想笑いをしている姿も気に入らない。

私が素っ気なくなればなるほど彼女は一生懸命私の元へ通ってくる……最初はそんなオリビアの行動が私に周りの男どもに対しての優越感を与え、気持ちがいいものだと浸っていたものの、最近はそれすらも煩《わずら》わしく思えるほどになっていた。

自分の気持ちが分からなくなって、どうするべきか考えていた時に事態は思わぬ方向に動いていく事となる。

今まで私に会いに学園にまで通ってきていたオリビアが、全く学園に来なくなったのだ。1日と空《あ》けた事はなかったのに3日も来ていない。何かおかしいと思い、王宮に来ていた公爵に聞いてみようとしたところ、公爵も休んでいると言う。

あの真面目《まじめ》な公爵が休んでいるとは何事……私はたまらず父である国王陛下に聞いてみる事にした。

「父上、先ほどクラレンス公が仕事を休んでいるという話を聞きましたが……」

「ああ、そなたも聞いていたのか。なんでも娘のオリビア嬢が高熱を出してな……なかなか下がらないようだ。公爵もやつれてきているし、王宮医を派遣してやったのだが……」

そんな事は寝耳に水だった。なぜ私だけが知らないのだ。

私は婚約者だぞ……学園の皆は知っているのか？　彼女に関して自分が真っ先に知らされていない、という衝撃の事実に父上に頭を下げて、すぐに公爵邸に急いだ。

そこで弱々しく眠っている彼女と対面する。手を握り「オリビア」と声をかけても返事はない。

まだ熱に浮かされて顔を赤くしている彼女の汗を拭いてあげると、気持ちよさそうにタオルにすり寄ってくる……幼い頃のオリビアを見ているようだな。

そんな仕草ひとつであの頃の気持ちがよみがえってくるとは。

あんなに仲が良かったはずなのに今はとんでもなく遠い距離が出来てしまった。私はずっとオリビアに囚《とら》われていたというのにそれに気付かずに彼女を自分から遠ざけて……自分の心に今さら気付いたが、目の前の彼女は目覚める気配はない。

早く目覚めてくれ……とその日は祈る事しか出来なかった。

そうして6日目にオリビアが目覚めたという知らせが入る。嬉しくて一刻も早く駆けつけたい……しかし、今まで散々冷たい態度をしてきた自覚がある私が、突然駆けつけるというのもおかしな話だ。

ここは一旦《いったん》冷静になって、少し体力が回復してから訪ねよう。

そう思って目覚めてから4日目に訪ねたのだが、そこで衝撃の一言を言われる事となる。

「私、療養の為に領地に行こうかと思っているのです」

今まで何があっても私のそばにいたオリビアが、私から離れると言う。

到底受け入れる事が出来なくて、その場は保留にするしかなかった……まさかオリビアの方から、私の元を離れると言い出す日が来るなんて信じられず（実際には領地に向かうと言われただけなのだが）王宮で公爵に会うと、真っ先にその話を聞いてみた。

「オリビアに領地で療養すると言われたのだが、そうなのか？」

「……オリビアがそう言ったのなら、そういう事なのでしょう」

公爵は穏やかな表情を崩さずに私に告げ、頭を下げて去っていった。今まで私はオリビアにとって良い婚約者とは言えなかった……その自覚はある。

その私に対する意趣返《いしゅがえ》しとも取れるような公爵の態度にそれ以上追及する事が出来ず、ただ公爵の後ろ姿を見ているしかなかったのだった。

◆◇◆◇◆

領地への道は整備された街道をひたすら進んでいたので、基本的に快適だった。途中で森の中の道を通らなければならない時もあって、道はさすがにボコボコしていたけど、公爵家の馬車でなければきっと揺れで具合が悪くなっていたでしょうね……それにお尻も痛くなっていたかもしれない。

公爵家の馬車はさすが貴族といった感じで、とてもフカフカだし、長時間座っていても腰が痛くなる事はない。と言っても今は10代の体なので腰痛とは無縁なのだけど……つい30代後半だった前世のつもりで考えてしまうわ。

今の私は若いのよね。若さって素晴らしい。

「お嬢様、お体の調子はいかがですか？」

向かい合って座っているマリーが、度々《たびたび》私を気遣《きづか》って声をかけてくれる……なんて優しいのかしら。

「何かあればすぐマリーにおっしゃってくださいね！　時間もたっぷりありますし、休憩しながら行きましょう」

あぁ……天使っているのね……マリーが眩しいほどの輝きを放って見える（これがエフェクトってやつね）。彼女の存在が最近の私の癒しになっていて、きっと私はマリーの為に転生したに違いない。

「全然大丈夫よ。景色もいいし気分がいいわ……あそこの畑では何を植えているのかしら？」

そう言って馬車の窓を開けて少し身を乗り出した時――

――ガタンッ――

何かにぶつかったのか、馬車が大きく揺れた。私はグラリと体が大きく揺れて後ろに倒れそうになり（まずい……）と思った瞬間、横に座っていた人物が私の両肩をガシッと受け止めてくれた。

「……大丈夫ですか？」

……馬車に乗ってから初めて声を聞いた気がする。

「ありがとう」と顔を見てお礼を述べながら座り直した。

この隣に座っている人物は、出発する前にお父様から「彼を護衛に連れて行ってくれ」と頼まれたので、一緒の馬車に乗る事になったのだ。

「ゼフ」という名前で少し暗めのブルージュの髪色に短い髪を上に立て、王宮の騎士とは違い目立たないように少し着飾った農民のような服装で静かに座っている。

私付きの護衛らしく、なるべく近くに置いていてほしいというお父様のお願いだから一緒の馬車に乗ったのだけど……とにかく喋《しゃべ》らない。

まぁ護衛だし仕方ないんだけどね。何を話しかけても「……」なので、こちらもいないものとして考えるようにしていたのに……

「……窓に身を乗り出すと危険ですので、お気を付けください」

こういう時はしっかり喋ってくるのよね。「はい……」と小さく返事をして、今度はちゃんと座ったまま景色を楽しむ事にした。


夜になって街道はすっかり暗くなってしまったので、小さな村の宿泊施設に泊まる事にした。

「お嬢様、宿が取れましたよ！　今夜はここで休んでいきましょう」

そう言ってニッコリ笑うマリーにつられて私も笑顔になり、馬車を降りた瞬間「ドカッ‼」という大きな音と「なんだお前は――！」という物騒《ぶっそう》な怒鳴《どな》り声が耳に入ってくる。

同時にゼフが私を守ろうと瞬時に前に出て、身構えた。

「お嬢様は私より前には出ませんように」

護衛なだけあって動きが早いのは当然なのだけど、それだけじゃない身のこなしに見えるのは気のせいかしら……無言で頷《うなず》き、ゼフの肩越しに前方を覗いてみると、小さな女の子が大きな男に蹴飛ばされていた。

見た感じでは3歳くらいに見える。あんな小さな子供を思い切り蹴り飛ばしたという事？

私はその光景にふつふつと怒りが湧いてきた。自分よりもはるかに弱い者にあんな事をするなんて……許せない。

それに倒れたまま動かない様子を見ると、放っておいたら死んでしまう。私の子供たちの一番下はまだ5歳だったけど、それよりも小さな子供を目の前で放置してしまうなんて、絶対にあってはならない。

私はゼフに言われていたにもかかわらず、その男のところまでずんずん歩いて行った。

「「お嬢様！」」

二人の呼ぶ声が聞こえるけど、事態は一刻を争うのよ！　早くしないとあの女の子は助からない……

倒れて動かなくなった女の子の胸ぐらを両手で持ち上げ、男はまくし立てた。

「お前、今、俺の食べ物を盗んだな‼」

女の子が倒れていたと思われる場所には小さな木のお皿が落ちていて、そこには豆がいくつか落ちているだけだった。盗んだも何も、皿には豆しかないじゃない……完全に言いがかりね。

この子が物乞いだからって言いがかりを付けて憂さ晴らしをしているんだろう。

「ちょっと待ちなさい！」

「……あ？」

いかにも〝何だお前は〟と言いたそうな顔で振り向いた男の顔には、明らかな怒りが滲んでいる。

「その女の子を……」と言いかけたところで、マリーは私の口を塞いできたのだった。

そして後ろに引っ張っていきながら（お嬢様!! 何かあったらどうするんですか～～！）と真っ青な顔で泣きついてくる。女の子を助けたい私は、マリーに引っ張られながらジタバタしていたのだけど、なかなかマリーの力が強くて抜け出せない。

すかさず私たちの横を通り過ぎたゼフが男に銀貨を握らせ、交渉の末、女の子を解放してくれていた……あっさり解決してくれて呆気《あっけ》に取られてしまう。

中身は30代のくせに解決方法は全然お子ちゃまな自分の行動が、ちょっぴり恥ずかしいような悔しいような……ゼフの腕で女の子がぐったりしている事に気付いて、そんな事を考えている場合ではなかったと、慌てて駆けつけたのだった。

ゼフの腕の中でぐったりしている女の子は痩せ細っていて、唇には艶がなく「ヒューヒュー」

と苦しそうに呼吸をしていた。見るからに栄養失調よね。

私のいる世界なら、まだ親がついていないと生きられないような年齢に見える。

こんな小さな子供が生きる為に食べ物を乞わないと生きていけないなんて……この世界の過酷さを目の当たりにし、何とかしたい気持ちに駆られた。

でも、私が何とかしようと動いたとしても一時しのぎにすぎない……それではダメなのよね。

こういう子供は、この世界では当たり前にいる、という現実を受け止めなければ。

「ゼフ、交渉してくれて、ありがとう。今日宿泊するのはこの施設だから、ここでこの子の手当をしましょう」

「……はい」

「……差し出がましいようですが、お嬢様……この子の面倒を……ずっと見られますか？」

私はマリーの顔をじっと見つめた。

マリーが言いたい事は何となく分かるわ。慈善行為で女の子を一時的に手当てして、食べ物を恵んであげてもその場しのぎにしかならない、と言いたいのよね。

でも、だからってこのまま放っておいて、この子がその後亡くなってしまったら……きっと私は私でいられなくなる気がする。

「もちろん手当して、領地に連れて行くつもりよ」

私がにっこり笑ってそう言うと、私の言葉にマリーは衝撃を隠せない顔をしていた。

私は本気よ。その覚悟を感じてくれたのか、その場は一旦引いてペコリと頭を下げるマリーだった。

我が儘言ってごめんね……ゼフは何を言うわけでもなく女の子を抱きかかえてくれて、私たち３人は今日の宿に入っていったのだった。

「見たところ、気を失ってはいますが、怪我は腕を骨折しているだけで済んでいますね。すぐに意識も戻るでしょう」

この村に駐在している医師に診てもらったところ、どうやら内臓などの損傷はないようで、ホッと胸を撫でおろす。男の蹴りは女の子の腕に直撃し、吹っ飛んだ衝撃で気を失ったという感じだった。

診てくれた医師は女の子の腕に添え木をして布を巻き、固定してくれた。ギブスがない時代だものね。謝礼に銀貨２枚を渡すと頭を下げ、医師は去って行った――

「お嬢様、先ほどは失礼な質問をしていまい――」

「いいのよ、マリー。あなたは悪くないわ。あなたの言いたい事はよく分かっているし、こんな事を何回も続けるわけにはいかないものね……」

そうだ、何度も子供を助け、その度に領地に連れて行くというわけにはいかない。

「だからね、私……領地に着いたら、この貧困層の人々について何か出来ないかって考えているの。今、私がしている事は一時しのぎにすぎない。そうじゃなくて、根本的な仕組みを変えなくては、こういう子供たちを助ける事にはならないと思う。その為にはどうすればいいか、まだ領地にも着いていないし具体的な事は何も思いついていないんだけど、私がやらなきゃいけない気がして……」

今まで自分の中でモヤモヤしていた事が一本の線で繋《つな》がった気がした。

そうよ、私がやりたいのはそういう事だったんだわ。でも、貴族の箱入り娘が突然何を言っているのかって思われたかしら……マリーの顔を見る事が出来ない。

そんな事を考えていると、突然マリーが両手でガシッと私の両手を包み込み、キラキラとした表情でまくし立てる。

「お嬢様～～そこまで考えていらしたなんて！　マリーは感激ですぅ～～……」

ぐすっと感激しながら涙を流して褒《ほ》められてしまう……えと……すっごく恥ずかしい……あんまり褒められるとかそういう経験ないし……

自分がこの世界では世間知らずのお嬢様である事は重々承知しているつもり。でも私にしか出来ない事があるはずよね……何せ公爵家はお金持っているわけだし。

この財力を存分に利用しない手はないと思うの。お父様が稼いだお金なのに、お父様、ごめんなさい。

でもきっと、お父様ならよいと言ってくれると思うのよね。というのは私の都合のいい考えなんだけど。

「マリーも協力してね」

笑顔でそう言うと「もちろんです！」という頼もしい言葉が返ってきた。いつも私に何が必要で大切かを考えてくれる。マリー大好きよ。

そんなやり取りをしていると、女の子から「……うっ……」という反応が見られたので皆が彼女の方を振り返る。すると、意識が戻ってきたのか薄っすらと目を開け始めたのだった。

女の子はゆっくり、ゆっくりと目を開け、目の前にいる人間の顔に全く覚えがないからかビクッとした後、目を見開いた。

目玉が飛び出てしまいそう……大きな目をこぼれ落ちそうなくらい見開いて、少し震えている。さっき殴り飛ばされたばかりだもの、怖いわよね……どうやって声をかけようかしら。

私はそっとその子のベッドに腰をかけた。

「気分はどう？　びっくりさせちゃったなら、ごめんなさい。宿屋の前に倒れていたものだから……勝手に手当てさせてもらったの」

そう告げると女の子は自分の右腕に目をやり、少し痛そうに顔を歪《ゆが》めた。自分が殴られてすぐに気を失ったから、状況が分からず混乱しているのね。

「腕、痛いわよね……ここ、肩は動かせる？」

骨折したのは右前腕部なので肩から上腕部は動かせるだろうけど、動かしたら骨折した部分が痛まないか心配。確認の為聞いてみると、女の子は肩を動かしたり肘《ひじ》を折ったり伸ばしたりして見せてくれた。

「あなたはとても理解力があって賢いわね。ありがとう。それほど痛まないなら良かったわ」

そう言って笑うと、女の子の頬が赤らんだ。

可愛い……あんまり可愛いものだから頭を撫でながらよしよししてしまう。

それにしても頭に手を乗せようとした瞬間、ビクッとしたのも見逃せないわ。殴られたりする事が日常的にされてきた証よね……たまらなくなって、もっと撫で回しハグをしてあげる。

女の子が体を硬直させてしまったので、まだこういうのは早かったかな……と思いハグではなく、両手で頬を包んであげた。

「あなたはもう何の心配もしなくていいの。あなたさえ良ければ、私と一緒に来ない？」

女の子は何を言われたのか一瞬分からない様子で動揺しているので「ダメかしら？」ともう一押ししてみた。すると、少し考えて頭を縦にブンブン振って頷いてくれた。

「よかった！　私はオリビア。あなたのお名前は？」

そう聞くと顔を曇らせ俯《うつむ》いてしまう。

声が出てこないのか、もしくは物心ついた時から親がいなくて名前が分からないのか……少女が名前を言えずに黙り込んでしまった為、「じゃあ、私が決めてもいいかしら？」と聞いてみると、また頭を縦にブンブン振るので可愛くて笑ってしまった。

「ソフィアにするわ。今日からあなたはソフィアね！　私の曾祖母様のお名前なの……大事にしてくれると嬉しいな」

そう言うと、大きな瞳から大粒の涙がポロポロ溢れてとめどなく流れてくる。何が彼女の琴《きん》線《せん》に触れたのかは分からないけど、綺麗な涙に胸が温かくなってくる。

「ソフィア、あなたは何歳？」

左手の小さな指を５本広げて教えてくれた……でも、５歳?!

どう見ても3歳くらいにしか見えない……栄養がとれていないものね、きちんと成長出来ていない証だわ。５歳なんて私の一番下の子供と同じ年齢じゃない。

末っ子と同じ年齢の子供と出会って一緒に暮らす事になるとは思っていなかったけど、これも何かの縁なのかもしれないと私は思い、あらためてソフィアと一緒に領地に行く事を決意するのだった。

それにこんな風に貧困にあえぐ子供たちを一人でも減らさなくては。

ソフィアの存在は私にその事を思い出させてくれる。

「じゃあソフィア、あなたも疲れているでしょうから、今夜はもう休みましょう。明日、朝から私の館に向かいましょうね」

そう言って寝かせようとしたのだけど、ソフィアは痛いはずの右腕も使って、必死に私の腕に抱き着いたまま離れない。

うーん、なんて可愛いんだろう……マリーが気をきかせて「私と寝ましょうか？」と言ってくれたのだけど、私から離れる気配がない。

なんだか本当に一番下の末っ子を見ているようでたまらなくなった私は、彼女が安心して眠れるようになるまで一緒に寝ようと決めた。

「今夜からは、私と一緒に寝ましょう。大丈夫よ、マリー」

一瞬、慣れているから、と言いそうになってしまう。いけないわ、私は16歳の貴族令嬢なんだもの、慣れているわけがないのよね。

つい前世の自分が出てきてしまいそうになるのに気を付けなきゃ。マリーは渋々納得してくれて「隣の部屋にいますので、何かあればすぐにおっしゃってくださいね」と言って出て行った。

ゼフはその間、終始無言でやり取りを見つめ、マリーと共に出て行った。お父様に頼まれた護衛だし、報告されてしまうかな。

私の事が心配でお父様が彼を護衛に付けてくれたのは分かっているけれど、多分お目付け役でもあると私は思っている。何か危険な事に巻き込まれないようにとか、私が変な事に足を突っ込まないようにとか……全部私を心配してでしょうけど。

もう夜も遅くなってきたし、着替えを済ませてソフィアと一緒のベッドに潜り込んだ。私に甘えるようにすり寄ってきて、安心したのかすぐに寝息が聞こえてくる。

こうやって子供と寝るのはいつぶりかしら、と自然と笑みがこぼれてしまうわ。

その夜は久しぶりの人の温もりが心地良くて、あっという間に眠りに落ちてしまったのだった。


空が明るくなり目が覚めると、ソフィアは隣でスヤスヤと寝息を立てながら眠っていた。

良かった……昨日は展開が急すぎて状況が呑み込めていない様子だったから大人しく寝てくれたけど、実は夜中にいなくなってしまうのでは、と度々目覚めては隣にいるかを確認してしまったのよね。

そんな心配もなくスヤスヤ寝ていたので、最後は寝落ちてしまったのだけど。

まだぐっすり寝ているようだから、起こさないように着替えましょう。そう思ってベッドから下りようとすると、腕をガッシリ掴まれる……そっとソフィアの方を向くと、どうやら少し寝ぼけているようだが、離さないとばかりにしがみついているようだ。

右腕は痛いはずなのに必死に私の腕を掴《つか》んでいる姿が、胸を締め付ける。

頭を優しく撫でてあげると、ソフィアはパッと顔を上げた。

「おはよう、ソフィア」

まずは朝の挨拶をしてみる。すると小さなか細い声で「は……よ……ざい……ま……」と聞こえた。

声は出せるのね。昨日は一言も発しなかったので、もしかしたら声が出せないのではと心配していたけれど、言葉が理解できないわけではないようだし声も出せる。

痩せ細ってしまっているから、声を出す力が低下しているのかしら……まずは腹ごしらえしなきゃだわ。

「昨夜はよく寝ていたわね。着替えたらご飯を一緒に食べましょう」

そう言うとソフィアの顔がパッと輝く。昨日は睡眠よりも、まずは食事をさせてあげるべきだったかしら。

たっぷり食べさせてあげなきゃね。

――コンコン――

ノック音が聞こえた後「失礼します」とマリーが入ってきて、私の着替えとソフィアの着替えを持ってきてくれた。さすがマリー、きっと昨夜のうちにソフィアの分も用意してくれたに違いない。

私はマリーに手伝ってもらって自分の着替えを済ませ、いざソフィアの着替えを手伝おうと思ったらマリーがササッと着替えさせてくれたのだった。

「お嬢様のお着替えで慣れていますからね！」

得意げに鼻息を荒くしてそう言うと、ソフィアのミルキーベージュ色の肩まで伸びている髪の毛を綺麗にとかす。もはやプロだわ！

あんなにボサボサ感満載だった髪の毛が、一瞬で整っていく。マナーハウスに着いたら髪の毛も切って整えてあげよう。

ひざ下10センチ丈のショートドレスを着て、髪を整えたソフィアは本当に可愛らしい。昨日は気付かなかったけど、とっても美人さん！　あとはしっかり栄養をとって肉付き良くしないとね。

支度を済ませた私たちは1階の食堂に下りて、食事をとる事にした。

ソフィアにテーブルに並ぶ沢山の食事を見て、茫然《ぼうぜん》としている……無理もないわ。こんなに沢山の食事は見た事もないでしょうし。

手を出したら怒られたりしたのかしら……もじもじして食べようとする気配がない。もしかしたら食べ方が分からないのかも。

「一緒に食べましょう。まずはこのフィンガーボールで手を洗って……」

これからは食事のマナーなども教えてあげないといけないわね。でも教えた通りに純粋に取り組むソフィアは、とっても賢いし頑張り屋さんだわ。

「今まであまり食べていないのに突然大量に食べるのはお腹に良くないから、ゆっくり食べましょうね」

右腕は使えないし、私が手伝いながら時間をかけてゆっくり食べさせてあげると、やはりあまり量が食べられなかったようで残念そうな表情のソフィアを励ます。

「これから、まだまだ沢山食べられるわ。徐々に食べられる量も増えていくから大丈夫よ。そうだ、オヤツにこのパンを包んで持って行きましょう」

子供にはすぐにエネルギーになるオヤツも必要よね。

「マリー、お願い出来る？」

「もちろんです！」とマリーがせっせと包んでくれるのを見ながら「あとで馬車で一緒に食べ

ましょう」と言いながらソフィアにウィンクすると、満面の笑みがこぼれる。

あぁ……天使っているのね……

そんな事を考えながら、宿屋に別れを告げ、ソフィアと手を繋ぎ馬車へと乗り込む。

乗り方が分からないソフィアは馬車の入口で戸惑っていたのだけど、ゼフがひょいと軽々とお姫様抱っこして乗せてくれた。

ソフィアはちょっぴり赤くなっていて……可愛い……ゼフは相変わらず無表情だけど。男手があって良かったわ。ソフィアが私から離れたがらないので行きは私とソフィアが隣同士で、向かいにゼフとマリーが座る形となる。

そしてゆっくりと馬車は公爵領へと走り始めた――

◆◇◆◇◆

オリビアから領地へ行くと言われてから、鬱々《うつうつ》とした日々を過ごしていた。オリビアが領地へ行く……私から離れていく……今も領地への準備とやらでこの学園には全く来なくなった。

私は生徒会に所属し生徒会長を務めている為、放課後は生徒会室にいる事が多いのだが、当然オリビアもついてきて生徒会室に居座る事が多い。

生徒会のメンバーは、オリビアが王太子の婚約者であるが故に私のいる前で大っぴらに批判したりはしない。しかし、当の本人がいないとあれば本音が出てしまう。

「今日もオリビア様は来ませんね～～来なくていいんですけど！」

そう言い放つのは、生徒会で書記を務める伯爵令嬢ブランカ・メクレーベル。ストレートな髪がゴールドに輝き、クールな髪型に対して甘い顔をしている。学園一の美女と謳《うた》われているが……性格が直球すぎるので度々問題が起きる。

「まぁそう言うな……体調不良が長引いているのかもしれない。殿下は何か聞いてらっしゃいますよね？」

眼鏡《めがね》をスッと中指で上げながらブランカ嬢を窘めるのは、深いグリーンの髪を真ん中から分け、理知的な雰囲気を漂わせる侯爵令息トマス・リッシモンド。彼も書記だ。いつも書類と戦っている中、オリビアがいる事で私の仕事が遅れるので、当然オリビアの事は邪魔に思っているだろう。

「……あぁ……それが……」

「「領地へ療養に行く？」」

二人が声を揃えて復唱した。オリビアが私の元を離れるという事と、そんなに状態が悪いのかという事、両方で驚いているのだろうな。皆が思っている事が手に取るように分かる……それくらいオリビアが私から離れるという事があり得ないからだ。

私としても衝撃に打ちひしがれているというのに。だがそんな私の気持ちなど彼らは知る由《よし》もなく、オリビアについて思っている事をつらつらと話し始める。

「では、しばらくは仕事が捗《はかど》りますね」

滅多に表情に出ないトマスが、ほんの少し笑みを浮かべている……

「良かった～～何の用もないのにヴィル様にくっついて死霊のように背後にいらっしゃるから、本当に怖くて……ヴィル様がいつ追い出してくれるか、心待ちにしていたのですよ～」

ブランカ嬢は嬉しそうにそう言って私の腕に絡みついてきた。さりげなく腕を解いて距離を取ったが、オリビアがいないとこんな事をしてくるのか。王族にむやみに触れる事はオリビアなら絶対にしてこない。

そう、オリビアはくっついてくると言っても、必ず適度な距離を保っていたのだ。淑女教育を受けていた彼女は、異性に絡みつくような行為は絶対にしてこなかった。私と二人きりの時はもちろん、あくまで近くにいるというのを徹底していたのだ。

今思えば、彼女に対する噂は全てバカげたものだと思える……そんな事をするような人間ではない。

「……今日は王宮の方でやる事がある。すまないが、先に失礼するぞ」

生徒会を去ろうとすると、ブランカ嬢が私の手を両手で握り、引き止めた。

「ヴィル様……ブランカがお送りします。いつもはオリビア様がいらっしゃって出来なかったから……ダメですか？」

上目遣いでこちらを窺うように聞いてくる。女の武器をこれでもかと使おうというのだな。

私から溜息が漏れると、トマスが察したのか「ブランカ……まだ仕事が残っていますよ」とブランカ嬢にそう言ってくれたのだが、全く引き下がりそうもないので、これ以上誤解されても面倒だからはっきり言う事にした。

「すまないが、今私が見送りをしてほしい人はオリビアだけなんだ。君はトマスの手伝いをしてくれ。……では、また明日」

二人とも驚いて固まっていたが、まぁ仕方ないだろう。二人がオリビアの事をよく思っていないのは分かっているし、あのように態度が行きすぎてしまうのもそれを許していた自分のせいなのだ……そしてそんな自分のせいでオリビアが貶《おとし》められている。

自業自得とはいえ、あの場にいるのは耐えかねて出てきてしまった。

オリビアが私から離れていくのも仕方ないかも……しれないな……しかし諦《あきら》めるわけではない。今度は私が追いかける番だ。

こんな時でも王太子の仕事は山積みで、領地に今すぐ一緒に行く事は出来ない……。建国祭の準備もある。

ならば、王太子付きの護衛を付ける事にしよう。

「ゼフ、そこにいるな」

学園の柱の陰からスッと音もなく出てきた人物は、王太子を陰から守る護衛である。隠密行動を得意とし、諜報《ちょうほう》活動も出来るのでゼフは打ってつけだ。

「そなたにはオリビアと行動を共にしてもらう。公爵にはお前をオリビアに紹介してもらう手《て》筈《はず》をつける。オリビアから片時も離れず守るのだ。何かあればすぐに報告せよ」

「……承知いたしました」

ゼフはまた音もなく姿を消した。これでいい、何かあればゼフから報告が届くだろう。

ゼフが片時も離れずそばに……ずっとオリビアのそばに……自分で頼んでおきながら、ズーンと落ち込んでしまった。

私が一緒にいられないのにゼフは……

「……」

気を取り直して空を見上げると、春の匂いがした。オリビアが好きなモクレンの花が咲く季節だ……領地への道のりが良きものになるといいな。

そんな事を思いながら公爵にゼフの事を話すべく、王宮へと向かったのだった。

◆◇◆◇◆

木々の葉が赤く色づき始める頃にオリビアは生まれた。私、フェルナンド・クラレンスの一人娘として生を受け、公爵令嬢として申し分ない容姿と教養を併《あわ》せ持った、素晴らしい女性に成長していく。

オリビアの母、私の妻であるジョセフィーヌは、オリビアを生んだ予後が良くなくて、体力がなかなか回復しない中で感染症にかかり、オリビアが1歳になる前にこの世を去った。

最愛の妻が旅立ってしまい、打ちのめされている私にさらに追い打ちをかけるかのように、オリビアが妻と同じ感染症にかかってしまう。

この時は正気を保っていられないくらい取り乱していた……普段は祈らない神に初めて祈った時だった。

オリビアを助けてくれれば、これからの人生の全てをオリビアに奉げ、私の全てでもって彼女を守る事を誓う、というものだ。愛する者をこれ以上失いたくない気持ちの一心だったのだ。

幸いオリビアは一時的に危なかったが峠を越え、無事に回復。私は生きとし生けるもの全てに感謝し、オリビアに最高の人生を送らせる為に動き出した。

まずは幼い時からの淑女教育、そしてたっぷり愛情を注ぎ妻の分も甘やかした。7歳になると陛下と以前口約束していた子供同士の結婚話が持ち上がり、8歳になると王太子殿下の婚約者に内定する。

二人は顔合わせの時に既にいい雰囲気で（それは父親としてちょっと気に入らないところではあるが）相性も良さそうだった。きっと素晴らしい夫婦になるという予感もあり、最高の王太子妃教育が受けられるように手を尽くした。それが娘の幸せに繋がると信じて――

そうして成長したオリビアは、史上最高の女性に成長したと言っても過言ではなく、数多《あまた》の人間の目を引く唯一無二の存在になっていったのだ。

多少外野の男どもの目を引いているのは父親としては心配極まりないところではあるが……それも未来の王太子妃として内定しているのだから、下手に手を出してくる輩はおるまい。王太子殿下がいてくだされば大丈夫、そう思っていた。

しかし、どこからか不穏な噂が耳に入る。

『オリビアが王太子殿下が通うトワイライト学園に足しげく通い、王太子殿下はとても迷惑している』

というものだ……どういう事だ？　どうして王太子殿下が迷惑するというのだ。こんなに素晴らしい女性がずっと近くにいてくれて、何が不満なのだ？

私など妻に先立たれ、妻が常にそばにいてくれればどれだけ幸せか、と何度思ったか分からないというのに……

事の真偽を確かめなければと、食事の際にオリビアにさりげなく聞いてみる。年ごろになって反抗期も入っているのか、あまり私と会話をしなくなったオリビアだったけど、王太子殿下の事なら話してくれるに違いない。

「オリビアは王太子殿下の通うトワイライト学園に通っているそうだね。殿下は学園ではどんな感じなんだい？」

そう聞くと案の定オリビアは頬を染めて、殿下についてあれこれと沢山話してくれた。オリビアの気持ちは未だ殿下に向いている事は確認できた。

「王太子殿下とは、普段どんな会話をしているんだい？」

この話をした瞬間、オリビアは下を向き、「お父様に言うほどの事ではなくて……他愛ない話ですわ」と笑顔を作って話を終わらせてきたのだ。

やはりおかしい。

後日、殿下にお会いした際に殿下にも探りを入れてみたところ「オリビアは妃教育にちゃんと取り組んでいるのか？」と娘の努力を疑うような発言をされる。

明らかに邪険に思っているかのような殿下の言葉に私の疑念は確信に変わった。あれだけ妃教育に熱心に取り組んだ娘を……娘の気持ちを知りながらこの仕打ち……許すまじ。

その後、娘が6日間寝込んだ時に殿下がお見舞いに来てくださり、娘の手を握っておらしい態度だったが、何を今さら……と白々しい気持ちでいっぱいだった。

娘が目覚めた4日後に殿下はまた見舞いに来てくださったのだが、酷《ひど》く動揺してお帰りになられた。どうやら娘に領地に療養に行きたいと言われたらしい。

私は娘からその話は聞かされていなかったが、聞かされていても学園にいて惨めな思いをするくらいならその方がいいだろうと、賛成していたに違いない。

しかし殿下はあまり賛成ではなかったようで「領地に療養に行く事になるのか？」というような事を私に聞いてきたのだ。

これはどうした事だ……殿下が娘と離れる事に動揺しておられる。いい機会だと思った私は「娘がそう言ったのなら、そういうことなのでしょう」と思わせぶりな事を言っておいた。

これは予想以上に効いたようで、後日殿下からオリビア用の護衛を付けてくれ、と頼んできたのだ。それも自身を陰から守る凄腕の護衛騎士を派遣してきたという……そこまでしてくれるというのなら、娘との婚約を多少許してやってもいいだろう。

本当はオリビアから領地への打診があった時に殿下との婚約破棄についても提案されていて、

私はその方がいいだろうと思っていた。

しかし、オリビアの見舞いに来た時の殿下の様子が引っかかっていた私は、婚約破棄についてはは私が一旦預かる形で保留にしたのだ。破棄にする事はいつでも出来る。今となってはそれが正解だったのかもしれないと思い始めている。

王太子付きの護衛であるゼフを娘に紹介し、共に領地に行ってもらう事になったのは私にとってもありがたい事でもある。

領地までの道のりも彼がいれば、少しは安心出来る。殿下との関係がこの先どうなるかは分からないが……私が真に願うのはオリビアの幸せのみ――どうか、ジョセフィーヌ、私たちの愛《いと》し子を見守っていておくれ。

◆◇◆◇◆

私の体力が回復しきれていないのと、ソフィアが加わった事で、領地への道のりは1日目よりさらにゆっくりになった。でも人数が増えたし、子供も加わってとても楽しい道のりになったわ。

ソフィアは可愛いし、マリーは穏やかだし、ゼフは相変わらず無口なんだけど……子供のお願いに弱い事が判明した。

ソフィアがオヤツに持ってきたパンを少しゼフにあげようと、ゼフの口に持っていく……これはあーんってヤツよね。さすがにゼフは恥ずかしくてやらないんじゃないかと思っていたのだけど、少し無言でパンを見つめた後、ちゃんとあーんってパクリと食べてくれたのを見た時は私もマリーもびっくりしたものだ。

ゼフでもあーんってするのね！　その後も何回かそんなやり取りしていたし（ゼフは終始無表情）ソフィアのお願いは無碍《むげ》にしないゼフだった。

思えばソフィアを助ける為の行動は早かったし、馬車に乗る時もそうだし、すぐにフォローしてくれたわ。ソフィアもゼフに心を開いている感じがする。

ゼフにも色々と思うところがあるのかもしれない。彼の生い立ちなどは分からないから何とも言えないけれど、二人が仲良くなってくれたら年の離れた兄妹みたいでほっこりするわね。

そんな二人のやり取りを見たり景色を楽しんだりしていると、３日かかる旅程があっという間に過ぎ、私たちは無事にクラレンス公爵家の領地に入る事が出来たのだった。

クラレンス公爵領は海と川に囲まれている。私たちがお世話になるマナーハウスは丘の上に立っていて、後ろは崖《がけ》のように岩肌が見え、下に広がる海からは波が打ち寄せている。前方には領地が広がり、領地を囲むように流れる川の向こうには広大な森が鬱蒼《うっそう》と生い茂り、マナーハウスからはその全てが見渡す事が出来た。

川からは新鮮な魚介類がとれるし、川から水を引く事によって農業も盛んに行われている。川の向こうには森が広がっているので、森の資源を扱う炭焼き職人や製鉄職人なども領地には暮らしているようだ。

これだけ栄えているなんて、お父様の手腕は素晴らしいわね！

そのお父様の手腕をもってしても貧困はなくならないのかしら……こんなに活気があって豊かに見える領地でも裏では苦しんでいる人々がいるというのは胸が痛むわ……

馬車で進みながら活気のある領地を見渡し、自分に出来る事は、と考える。

「お嬢様、あそこの丘の上に見えるのが我が公爵家領主の屋敷（マナーハウス）でございますよ！」

丘の上には周りを塀で囲まれた立派な屋敷がそびえ立っていた。これがマナーハウスなのね、王都の屋敷も素晴らしいものだったけど領地の方も凄いわね。

こんな素晴らしい屋敷が領主不在だなんて、勿体《もったい》ない！

ずっとここに住んでいてもいいかしら……でもそうなったらお父様が泣くわね。お父様なら隠居して来そうな感じもするけれど。

そんな事を考えながらクスリと笑ってしまった。

「見て、ソフィア。あれが私たちの住むお家よ。これからここで生活する事になるわ。楽しみね！」

そう言って笑いかけると、ソフィアははにかんだ後、ちょっと動揺しているようにも見えた。

そうよね、こんなお屋敷に住むなんて言われたらびっくり仰天よね……私だって前世は普通の主婦だったんだもの、正直現実味がないわ。

でもワクワクもしている自分がいる。

これから自分がやりたい事を見つけ、やりがいを感じられたらそれはもう幸せな事だと思うから。

「一緒に楽しい事をしていきましょうね」

そう言うと、ソフィアは頭を縦にブンブン振って頬を赤くしながら微笑んだ。

馬車は丘の上に辿り着き、ゆっくりと停止する。とっくに知らせが入っていたのか、すでに沢山の人々がずらりと並んで待っていた。

私たちが馬車から下りてくると、マナーハウスを預かっていた執事兼家令を務めているやや白髪交じりの口ひげを蓄えた中年の男性が近づいて、恭《うやうや》しく挨拶をしてきた。

「お待ちいたしておりました、オリビアお嬢様でございますね。ここの家令を務めさせていただいておりますす、ロバートでございます。覚えておられますかな？　お小さい頃にここでマリーベルと共にお過ごしになられておりましたが……」

ニコニコしながら穏やかに話す様子は小説にも描かれていたわね。この人が私の乳母の旦那様……という事は、マリーのお父様じゃないの?!　私としたことがすっかり忘れていたわ……マリーと一緒にここで遊んでいた時の事も読んでいたのに彼女のお父様という認識が全くなかった。

マリーたち親子には本当にお世話になりっぱなしね。

「ええ、しっかり覚えていますわ。あの頃も沢山お世話になったけど、今回もお世話になります」

私が挨拶をすると、マリーが「お父様、お久しぶりです」とロバートと抱擁《ほうよう》をかわした。

「お前も元気そうだな。しっかりとお嬢様にお仕えしているな？」

「もちろんです！　お嬢様の事なら誰にも負けません！」

何の勝負かは分からないけど、いつものように鼻息を荒くして、自信満々に言うマリーに屋敷の皆もロバートや私もつい笑ってしまうのだった。

皆が笑顔で再会を喜んでいたところ、ロバートがふとソフィアの存在に気付いた。

「おや、こちらのお嬢様はどちら様ですかな？」

ロバートが優しく聞いてきたけど、ソフィアはまだ喋る事が苦手で言葉が上手に出てこない。

私のスカートにしがみつき、顔を埋めて必死に隠れようとしている。

何とか喋ろうとしているのか、スカートを握る手にさらに力が入って、震えているのが布越しでも分かる。

「ロバート、この子はソフィアっていうの。あとで詳《くわ》しい事情は説明するわね。ひとまず我が公爵家で面倒を見たいと思って連れてきたの」

私がそう言って助け船を出すと、ホッとした表情をするソフィア。無理に今話す必要はないわね。ロバートは私の表情を見て複雑な事情を察してくれたらしくて、その場でこれ以上追及してくる事はなかった。

「ふむ。ではこの小さなお嬢様の為のお部屋も必要ですな。すぐにご用意いたします」

ロバートが笑顔でそう言ってくれてとてもありがたかったのだけど、ソフィアは私と一緒じゃないと寝られない状況なので部屋は必要ないかもしれないわね。

「部屋は私と一緒で大丈夫よ。これまでも一緒に寝てきたし、私が一緒じゃないと寝られないと思うから」

ロバートは「承知いたしました」と頭を下げて、皆を屋敷の中へ案内してくれた。

屋敷に着いたのは日が沈み始める頃だったので、その日はゆっくりと過ごし、たっぷり食べて広いお風呂にも浸《つ》かった。

この公爵領はお湯が湧き出る事でも有名で、そのお湯に浸かると体がとっても軽くなるのだ。これは前世では温泉と言われていたものだと思う。

自然に湧き出てくるものだから、お父様が整備して領民が皆で浸かれる公衆浴場を作ったのよね。

これがまた領民の間ではとても好評で、誰でも浸かれるから皆の憩いの場にもなっているという。私もここにいる間に一度は行ってみたい。

前世では度々温泉に行ったし、本当に気持ちがいいのよね。

ソフィアも連れて行ったら、きっと喜ぶに違いないわ。マナーハウスのお風呂もとっても気持ち良さそうに入っていたもの。右腕にも効きそう！

旅の疲れも出たのか、その日はベッドに入ると二人ともあっという間に深い眠りに落ちていった——

翌日、これからここでお世話になるのだからと、ロバートにソフィアの事を説明しに行った。

ソフィアはマリーに預けてきたので、執務室にはロバートと私の二人だけの状況だ。

私の話をひとしきり聞き終えたロバートは、穏やかに話し始める。

「お嬢様はご立派になられましたな。もうマリーベルと一緒に走り回っていたお嬢様ではないようですね。……今回の件は承知いたしました。しかしながら、これからは孤児を連れてくるというのは慎重になされますよう」

さすが親子ね、マリーと同じ事を言うところが。それだけ考えがしっかりしているという事だろう。

「そうね、気を付けるわ」

「お嬢様はお優しいお方です。そのお気持ちを利用しようとする輩がいる事もお忘れなきよう。孤児といっても仕事としての物乞いなどもおります。わざと貧しいフリをして支援をねだる者もいるのです。それらを見分けるのは至難の業でしょう……」

仕事としての物乞い……そこまでは考えていなかったわ。ビジネスにしているという事？前世で言う詐欺《さぎ》のような集団の事かしら……そんな人たちが屋敷に住むようになったらと想像すると、ゾッとしてしまう。

「そうね、私の考えが甘かったようだわ。以後気を付けます」

「いえ、ソフィア様に関しては心配ないかと思っております。虐《しいた》げられてきた様子が手に取るように分かりますので……」

ロバートから見ても分かるのね……ソフィアの心の傷は思ったよりもずっと深かった。体に触れようとするとまだビクッとするし、お風呂で見たソフィアの体には無数の傷跡があった……食事もまだ満足に食べきれていないし、背も小さい。

声を発する事に抵抗があるのもきっと、何か事情があるのよね……

「皆には遠い親戚の子とでも説明しておきましょう」

ロバートの心遣いがとてもありがたいわ。私よりもロバートの方がよほど優しいと思うのだけど。

「あと1つだけ、ロバートにお願いがあるの。今日から領地を見て回りたいと思っていて……領地経営を学びたいと思っているの。その為にはロバートの協力が必要かなって……お仕事が忙しい中でお願いするのは心苦しいんだけど、協力してくれる？」

私が領地経営を学びたいと言った事が寝耳に水だったのか、ロバートは目を丸くして驚いていた。そりゃそうよね……王太子妃候補とはいえ、箱入り娘の公爵令嬢が領地経営を学びたいと言い出すんですもの。

何が起こったのかと思うかしら。

「……領地経営、ですか？　失礼ですが、お嬢様は王太子殿下とご婚約していらっしゃいますよね？　なぜ領地経営を学ぶ必要が……いや、そう思われた理由をお聞きしても？」

ロバートは私の真意をはかりかねているのか、慎重に聞いてきた。

どうやって返そうかしら……前世の知識で領地については知っているけど、領地経営についてては全く分からないから教えてもらおうと思ったんだけど。

オリビアが領地経営を勉強していたのかは小説に書かれていなかったし、今の私の頭にもないという事は学んでいなかった可能性が高い。嘘は心苦しいけど、王太子妃教育って言えばロバートも協力せざるを得ないわよね。

一か八か言ってみるしかないわ。

「領地経営はね……そう、王太子妃教育の一還なのよ！　未来の国王陛下をお支えするんですもの。国の仕組み、領地の仕組みを知らなければ、共に国を発展させていくなんて無理でしょう？　私はお飾りの王太子妃になりたいわけではなくて、共に歩んでいける人間として隣にいたいのよ……」

自分で言っていてさすがに話を飛躍させすぎたかなと思いつつ、ちょっぴり落ち込む自分がいた。

一緒に歩んでいくパートナー……そんな人間として隣にいられるという事は幸せな事だって、私は知っている。前世でそうなりたかった夫とは、全くダメだったから……どちらが悪いなんてもう分からなくなっていたし、生活していく事に必死でどうでもよくなってしまっていた。

でも私だって最初はそうありたいと願って努力していたはずなんだけど、どこからすれ違ってしまったのか、気付いたら手遅れになるほどに夫との距離は離れるばかり。

今回小説の世界に転生したけれど、こちらの世界でも婚約者の本当のパートナーは自分ではないという。

皮肉なものね。でも未来が分かっているからこそ、私に出来る事がある。

王太子とは離れたし、ソフィアとも出会って、ゼフがいたり、小説の内容からはかけ離れてきている。でも聖女がやってくればたちまち彼女が王太子のパートナーになる未来をつき付けられるはず。

そうなれば公爵家の皆が危険にさらされる可能性があるのだから全力で王太子から離れ、一人で生きていく未来をつかみ取らなければ。

一人で悶々と考えながらフンスと鼻息荒くしていると、不思議に思ったロバートが声をかけてくる。

「……お嬢様？」

「あ、とにかくそういう事だから！　ロバート、よろしくお願いします」

そう言って頭を下げた。いけないい、前世の事を考えて一人の世界に入ってしまったわ。とにかく今に集中しないと。

「承知いたしました。お嬢様の心意気、とても感動いたしましたぞ。そこまで広い世界を見ていらっしゃったとはロバートも鼻が高うございます。領地の収支に関する帳簿などもございますので、ここにおられる間に説明させていただきます」

帳簿！　それが見たかったのよ～～。これで公爵領の収支がどうなっているのか、どのくらい自由に使えるのかが分かれば出来る事が増えるわね。

「ありがとう、ロバート。恩に着るわ！　そうと決まれば領地を見て回ってくるわ～～」

私はルンルンで執務室を出て行った。そしてそんな私の姿にポツンと残されたロバートが、呆気に取られていたのだった――。


自室に戻るとソフィアが走ってきて、私のスカートに飛び込んでくる。ボフッとスカートに顔を埋め、ぎゅうぎゅうに抱き着いて寂しさを表現する姿が本当に愛おしい。右腕が痛々しいけど、ソフィアは抱き着くのに夢中で気になっていないみたい。

「待たせてごめんね。ロバートと話し込んでしまって……」

「父が何か失礼な事を言っていませんでしたか？」

マリーが心配そうに聞いてきたので、執務室で話した内容をかいつまんで二人に話した。

「というわけで、これから領地を回ってきましょう！　マリーもソフィアも来てくれるわよね？」

そう言ってウィンクすると、二人とも笑顔で頷いてくれた。

「もちろんです！　ではお昼は領地で何か食べましょう！」

それを聞いてソフィアが顔を輝かせたので、つられて私も笑顔になる。子供はやっぱり美味《おい》しい食べ物が好きよね。とっても楽しみになってきたわ！

「領地を回る前に動きやすい服装にお着替えいたしましょう！」

マリーが張り切ってそう言うので、私とソフィアは突如着替える事となった。ソフィアはシヨートドレスから汚れても大丈夫なエプロンドレスに着替えてサンハットを被《かぶ》せ、顎のところで紐をリボン結びにする。可愛い～～すっかりお嬢様って感じね！

私はというとジゴ袖の上着を羽織りながら中には少し丈が短いAラインのスカートと足首を見せない為のブーツ、頭にはストローハットを被る。どこかの女商人みたいね。かっこいい！

ジゴ袖は動きやすいから正直助かるのよね。貴族女性の衣装って、本当にヒラヒラしているものが多くて動きにくいし……元のオリビアは淑女教育をしっかり受けていたからか、貴族女性としての身のこなしや作法は自然と身に付いていたし、知識もそのままだったから良かったものの。

全く何もない状態で転生していたら、それこそ中身はオリビアじゃないってバレてしまっていたわね。

着替えが終わったところで部屋から出ると、当然のようにゼフが支度を済ませて立っていた。

私も行きますって事ね。

それにしてもゼフったら、ちょっと小金持ちの農民風の服装って感じ。

フロックを羽織り、ズボンには皮のゲートルを身に付けている。凄く似合っているのでまじまじと見てしまうわ。ソフィアも目を丸くしてゼフを見つめている。

「ゼフ、似合っているわね？」

ソフィアに同意を求めると、首を縦にブンブン振って同意してくれた。当の本人はペコリと頭を下げて、スッと歩いて行ってしまう。照れているのかしら……まさか、ね。

「さぁ、出発しましょう！」

丘の上から歩いて街に降りて行くと、すぐのところに教会が建っているのが見える。しかし、教会の扉は固く閉ざされていて、あまり人が出入りしている様子は見られなかった。

商店街は賑《にぎ》わっていて人が溢れている様子なのに、なぜここだけ寂しい様子なのかしら……

教会のすぐ後ろには修道院があり、そこは人の出入りが頻繁になされていた。

教会は人々の信仰の為、集会なども行われたりする重要な場所のはず。また、教会や修道院は保護区としての役割があるから、本来ならここは貧しい人々にとって救いの場所でもあるはずなんだけど……後々チェックが必要のようね。

教会や修道院をチラリと見ながら、ひとまず人が賑わう広場や市場に行ってみる事にした。


広場では沢山の人々が楽しそうに過ごしていて、子供も元気に走り回っていた。

「ここでお昼を食べるのもいいわね」

そんな事を呟くと皆が頷いて同意してくれたので、決まりね。ソフィアは待ちきれないといった様子だわ。

広場から出ると、ズラリと商店が並んでいる――ここが市場なのね！　各店を見ていると、本当に様々なものが売られていて、目移りしてしまうわ。

炭焼き職人がいるので領地でガラスを製造したり出来るのね。綺麗なガラス細工なども並んでいて、目がキラキラしてくる。

ソフィアはガラス細工を初めて見たらしく、そのお店の前で食い入るように見ていた。そんなところも可愛い。

「何か気に入ったものはあった？」

それとなくソフィアに聞いてみるとびっくりした様子でもじもじし始めたが、やがてゆっくりと指を差したのは、羽がブルーの小さな鳥のガラス細工だった。幸せの青い鳥ね！

「これがいいのね。あなたはセンスがいいわ！　じゃあこれを買いましょう」

私がそう言うとソフィアが私の腕を掴んで頭をブンブン振って止めようとする。遠慮しているのかしら……

「これは私がソフィアに飾ってほしいの。これを買ったらお部屋に飾ってくれる？」

そう言うと少し沈黙した後、一生懸命頭を縦にブンブン振ってくれるので思わず笑顔になってしまうのだった。

なんでも買ってあげたくなっちゃう。過保護には気を付けないと。

私はゼフにガラス細工を渡して、お会計を済ませてきてもらった。お会計から戻ってきたゼフが私を見て頷くと、ソフィアの前にしゃがみ込んで目線を合わせ、彼女に渡してくれた。

ゼフって紳士ね……ソフィアの顔は真っ赤だわ。今までお姫様のように渡された事はなかっただろうから、無理もないんだけど。

ゼフは相変わらずの無表情で立ち上がり、スタスタ歩き始める。

二人のやり取りを見て、何やら私の方が気恥ずかしい気持ちになってしまうのだった――

ガラス細工を購入したお店から少し歩いた場所に魚介類がズラリと並ぶ出店があり、そこではとれたての新鮮な魚や、見た事もない貝類が並んでいた。美味しそう……前世では魚介類が大好きだった私なので、よく子供たちに魚をさばいて食べさせていたな。

昔の光景を思い出して懐《なつ》かしんでいると、魚屋の元気なおじ様が声をかけてきた。

「お嬢さん、この辺りでは見ない顔だね。ウチの店の魚に目が行くとは見る目があるってもんだ！　ここの領地近海は海水温度が高すぎず低すぎないから、魚たちには住みやすい生育環境なんだ。活きが違うだろ？」

そう言って活きのいいお魚を自慢してくれる。我が領地ながら、こんな風に褒められるのはとても嬉しいものね！

お魚も温度が高い方が良かったり、低い方が良かったり色々な種類がいるのでしょうけど、この近海の魚たちは高すぎず低すぎずが適温って事ね。本当に肉付きが良くて丸焼きにしても美味しそう……

「凄く身がたっぷりありそうね！　食べ応えがありそうだわ……」

そう言う私の顔が大層輝いて見えたようで、奥から丸焼きにしたお魚を持ってきてくれた。

「ほらよ！　ウチではこういうのも売っているのさ。これを食べたらまたウチに来たくなるだろうな〜。今回は特別にタダでやるよ！　お連れさんと皆で食べてくれや！」

マリーやゼフ、ソフィアの分まで焼魚をいただいてしまったので、皆でお昼に食べる事にしよう。

「ありがとう！　また来ますね！」

気前のいい店主にそう言って別れを告げた。焼魚はゼフが全て持ってくれたので（ゼフありがとう！）まだ他にも回れそうと考えていると、美味しそうなパン屋の前で立ち止まる。

ソフィアと一緒に過ごしてみて気付いたのだけど、ソフィアはパンが大好きみたい。食事には毎食パンは出てくるんだけど、毎回おかわりしちゃうくらい好きなのよね。

食べやすいし、気持ちは分かる。問題はパンを食べすぎて他が入らなくなるという事よね。

まぁ今回はお出かけだし、好きなパンを沢山買ってあげよう。

「ソフィアはパンが大好き？」

そう聞くと、小さな頭を縦にブンブン振るので、やっぱりと納得する。

「じゃあ、このパン屋さんに寄っていきましょう！」

木で建てられた可愛らしいお店に入ると、店内はパンの良い匂いが充満していて、私まで幸せな気持ちになった。本当にいい匂い～～ソフィアも幸せそうね！

そして店内には様々なパンが並べられていて、店員なのか店主なのか分からない女性が次から次へと並べていく。

回転率がいいお店という事は、売れる店なのね。ここは美味しいに違いない。

「すみません、初めて来たのでお聞きしたいのだけど、おススメのパンを教えてもらえないかしら？」

忙しそうな店員には申し訳ないんだけど、どのパンがこのお店でのイチオシなのかを知りたくて声をかけてみた。女性は嫌がる素振《そぶ》りもなく笑顔で話し始める。

「お客さん、初めてかい？　「それならこのパンがおススメだよ！　当店一番の売れ筋商品、玉子と鶏肉を挟んだ親子サンド！」

そのサンドはスクランブルエッグと茹で鶏を野菜と一緒に挟んだものなのだが、ボリューム感もたっぷりで本当に美味しそうだった。野菜もたんぱく質も摂れるし、お昼にはちょうどいいわね。

ここは森が周りにあるから狩猟も盛んなようで、動物の肉も出回っている。女性に勧められるまま、そのサンドを買う事にした。

お会計の時に彼女に領地について聞いてみよう。女性の意見も重要だしね。

「ここには初めて来たのだけど、住みやすいところのようね。私も移り住んでみたいわ」

そう言うと店員の女性が得意げに「住みやすいから移り住んできたらいいよ！」と言ってくれた。

「環境としては凄く住みやすいところなんだ。でも一つだけ、税の支払いだけが結構重いんだよね～払えない人はちょっと住めないかも。お客さんは大丈夫そうだから勧めてるけど！」

「そんなに重いの？」

税の支払いが重いなんて聞き捨てならないと思い、少し食い気味に女性に聞いてしまう。

「色んな税があるんだけど、いつからか教会に払わなければいけない税が増えてね……年々上がっていくし、ウチみたいなここに住んで店を出している者にはちょっと重くなってきたんだよ。外から来て店を出す者には減税されていたりするんだけどね……ここの近くの魚屋なんて、あたしらより少なくて済んでいるんだよ！　全く不公平な話さ」

そういえばさっき気前よく焼魚をくれたお店よね……そういった事も関係していたとは思わなかった。まだまだ女性の話は止まらない。

「教会なんてほとんど扉が開かれる事はないのに毎月税は払わなきゃならないんだ。払っているのに集会で使うにも集会費っていうのを払わなきゃいけないいんだよ。おかしな話だろ？　そこまで徴収しないと維持出来ないもんかね……ま、そういった場所は保護区でもあるから、皆で協力していかなきゃいけないっていうのは分かるんだけどさ！」

「……それは、ちょっと大変ね……」

「だろ？　ま、ここに住んでいる以上仕方ない事なんだけどね。お客さんも住むならその辺は頭に入れておいた方がいいよ」

「……そうね……」

女性は親切にも私に助言してくれたけど、私の頭は領地の税についてでいっぱいだった。

帳簿を見た事がないから分からないけれど、おそらく公爵家から教会へ支援金が入っているはずよ。貴族は聖職者を支援する事で善行を積み、魂が浄化されるっていう信仰が根付いているっていうのを小説で読んだわ。

お父様がその支援をケチるとは思えないし、これだけ街が賑わっているのに領地の税収が足りないとは思えない。

私はこの女性店員の話を聞いて、早めにロバートに帳簿を見せてもらわなければ、と思ったのだった。

皆で市場を巡った後は広場でお昼ご飯を食べ、しっかり楽しんだ私は、翌日から数日間微熱が出てしまう。やりたい事は沢山あったんだけど、こうなってしまっては仕方ないわね。

開き直ってマナーハウスでゆっくり過ごしましょう。

よく考えれば6日間高熱で寝込んで目覚めてから、体力を回復させながら領地に行く準備をしたり、領地に行く道のりで子供と戯れたり、こっちに来てからもすぐに出かけたり……かなりの強行軍よね。前世では動いている事が当たり前だったからすぐに行動したくなっちゃうんだけど、貴族女性はもっとゆったりした生活のはず。

こんなにバタバタ動いたら体力がもたないのかもしれないわ。でもせっかく貴族女性に転生できたのだから、乗馬とかしてみたいのよね。今度マリーにお願いしてみよう。

どうせ王太子妃にはならないんだし……うん、せっかく転生したんだもの、やりたい事をやった方がいいわよね！

微熱が下がるまでの間は、近くの公園に散歩に行ったり、ソフィアやマリーと中庭でお茶をしたり、ソフィアとお昼寝したり……無理せず動いた。

微熱が下がり、少し体力が回復してきたのでマナーハウスの隣にある図書館にソフィアを連れて行く事にした。まずは文字を教えなければならないわね。

私はというと、幸い文字に関しては元々の知識として備わっていたのか、転生した後も問題なく読めている……なんてチートなの。

ソフィアにはまず読み方を教え、同時に書く練習もさせてみた。前世では教師じゃなかったから教え方に自信はないけど、私の不安をよそにソフィアはどんどん読めるようになったし、書くのも上手だった。怪我をしたのは右腕だったが、利き手は左だったようで無事に書けている様子だった。

「とっても上手に書けてるわ！　あなたはのみ込みが早いわね～教えがいがあるわ」

私に褒められるとほんのり頬を赤く染めて照れながらまた頑張ろうとする姿が、これまた可愛いのなんの……おばさん心をくすぐられてしまうわね。こんなに可愛い子を愛するなっていう方が無理。

そして教えて数日だというのにあっという間に読む方は簡単なものは出来るようになってしまった。

「じゃあ何か絵本でも読んでみない？」

私が提案すると、ソフィアは嬉しそうに絵本を探し始める。

絵本は入口付近の棚にまとめて置いてあったから……二人で連れ立って行くと、ソフィアは真剣に選び始めた。読みたい絵本が見つかったらしくて取ろうとしたのだけど、ソフィアの背では全く届かない場所にある。

私でも届かない感じがしたので、棚に取り付けている動く脚立《きゃたつ》を持ってこようと私が動こうとした時だった。

「……っ」

ソフィアが声にならない声を出し、私もその光景を見て固まってしまう。ゼフがソフィアをひょいと持ち上げ、自身の右肩に乗せ、ソフィアに本を取らせようとしてくれたのだ。

「ほしい本はどれ？」

……ゼフの声を久しぶりに聞いた気がする……

おずおずとソフィアが取ると、ゼフはそっと下してくれた。

真っ赤になりながら何とか声を絞り出し、ゼフにお礼を言うソフィア。頑張ったわね！　もはや姪《めい》っ子を応援するおばさんのような気持ちよ。

「あり……が……と……」

ゼフはソフィアの頭をポンとすると、入口付近で護衛に戻っていった。

……うーーん、さり気なさすぎるわ。ゼフ、恐るべし。

ソフィアはその絵本を大事そうに抱えてテーブルで読み始めたので、私も一緒に読書しようと本を探し、その日は二人で読書の日となった。ゼフに手伝ってもらって取れた絵本が大層気に入ったソフィアは、部屋にも持って行っていつも読んでいる。

図書館に連れて行って良かったな。微熱が出て一旦小休止になったけれど、こんな風にゆっくり過ごすのもいいかもしれない、と思えたのだった。

前世ではこんな風にゆったり過ごすなんてまず出来なかったものね……あれはあれで充実していたけれど、それで体を壊してしまったのだから元も子もない。

せっかく転生できた今世は自分の体を労《いたわ》りながら、やりたい事をやろう。そろそろ体力が回復してきたから帳簿を見せてもらわなくちゃね。収支をチェックしたら教会の在り方についてもロバートと話し合わなくちゃね。

そして、この領地の外れの外れにある貧民街……貧民層が住む場所にも行きたいと思ってる。

これは相当ハードルが高そうだけど。領地の現実を見る為には必要な事だから。

どうやったら許可が下りるかしら……悶々と考えているうちに夜は更《ふ》けていった。

3章　駆け引き

オリビアが領地に出発してから8日ほど経った。

ゼフからの知らせには驚くべき事がつらつらと書かれていて、何度領地に飛んで行こうと思ったかしれない。ゼフとのやり取りは主に伝書鳩を使ったものだが、王家の鳩は優秀で1時間足らずで正確に届く。

その日の出来事が淡々と書かれているのだが、まず1日目に少女を拾ったというのだ。少女は5歳だという。物乞いをして殴られた少女を助けたと書いてあったところまで読んで、オリビアはとても優しい女性なのだと誇らしい気持ちになった。

しかし、問題はその後だ。その少女を領地まで連れて行く事になったと。素性の知れない者を連れて行くというだけでも心配なのに物乞いを……物乞いの中には仕事でやっている者もいる。

オリビアはそういった事とは無縁に育ったゆえに分からないのだろう……同情心や優しさは彼らをつけ入れさせる入口になる。そういう者を従わせるのは、優しさよりも力だ。

財力や権力、肉体的な力、魔力……そういった力で支配しなければ、優しさを利用されて終わる。

善良な心を食い物にしている連中もいるのだ。

確かに本当に救いが必要な者もいるだろう。果たしてその少女がそうであったのか……ゼフの手紙には特に害はなさそうだと書いてあったから良かったものの。ゼフも同じような出自《しゅつじ》であるから、自分と重ねている部分もあるのだろうな。それにしても……

「オリビアが寂しそうにしている内容が全く書かれていない」

私はつい口から不満が漏れてしまう。私と離れて領地にこもっている間、私のいる王都に帰りたいという素振りは全く感じられない。あんなにずっとそばにいたのに……領地生活を満喫している様子が私をモヤモヤさせていた。

「王太子殿下、気持ち悪い事を言っていないで手を動かしてくださいね」

そう言って私に山になった書類を持ってきたのは、私の側近である辺境伯令息のニコライ・ウィッドヴェンスキーだ。彼は心技体揃った非常に有能な人物で、私の幼馴染《おさななじみ》でもある。ちなみに彼は生徒会の副会長だ。

辺境伯というだけあってニコライの家は強大な軍を持ち、我が国の国境を守っている。辺境伯は国にとってとても重要な地位であり、味方にしておくに越した事はないと、幼い頃からニコライとは交流を深めるように父上に言われていた。

言われなくともニコライとはウマが合い、こうして今に至るまで私の側近としてそばにいてくれているのだが……幼い頃から私のオリビアに対する拗《こじ》れた気持ちを知っているのもあり、このような冷めた目で意見してくるのだ。

「私にはオリビア様が不憫《ふびん》でなりません」

「……不憫とは？」

突然ニコライがそんな事を言ってくるので、相変わらず鼻にかけるような言い方に不愉快を隠さず聞いてみる。

「あのように健気《けなげ》に殿下の為、お妃教育に励み、（態度が劣悪な）殿下のそばにいてくださったのに……」

「付け足しはいらん」

ニコライはいつもひと言多い。

「失礼。やっと殿下から解放されたと思ったら、今度は執着されてしまうなんて……ゼフが殿下の護衛とは夢にも思っていないでしょう。私はオリビア様にはここを離れて幸せになってもらいたいと思っているのですが、ね」

ここを離れて幸せに……オリビアが王都から去り、私以外の男性と結婚し幸せに……なる……

「殿下、机が壊れますので落ち着いてください」

私は気付いたら机に拳《こぶし》を叩きつけてしまっていた。ニコライは呆れた顔で私に提案してくる。

「全く……そんなに大切なら会いに行けばいいんじゃないですか？　その為に仕事を前倒しで進めていたんですけど」

「……」

素っ頓狂《とんきょう》な顔でニコライを見つめてしまった……やはりそうだったか。どうりで、仕事が鬼のような量だなとは思っていた。なかなか終わらないからオリビアに会いに行けない焦燥感が募っていたのだが、ニコライはそのつもりで仕事を進めてくれていたのだな。

持つべきものは良い友というわけだ。

「すまない、恩に着る」

「王太子殿下がそんな簡単に謝るもんじゃないですよ」

鼻持ちならない言い方だが、ニコライにそう言われてスッと気持ちが軽くなった。

「……そうだな、助かった」

こういうところに何度も救われた。私にとって彼の代わりはいないだろう。オリビアとは違った意味で唯一無二の存在だ。

「さっそく用意して向かうとしよう」

「それはそうと、先ほど届いたゼフからの知らせで、オリビア様がお熱を出して寝込んでいるとの事です。急いだ方が良さそうですね～」

ニコライは何の気なしに重要な事を言ってくる。

「……なっ……それを早く言え！　すぐに向かう!!」

私はその辺の上着を羽織り、バタンッと扉を開き飛び出して行った。早馬で飛ばせば1日半ほどで着くだろう……待っていてくれ、オリビア──

バタバタと足音が遠ざかり、一人取り残されたニコライは「やれやれ」と散らばっている書類を拾っていた。

「オリビア様は微熱で少しだるい程度でゆっくりお過ごしのようですけど、あのくらい言わなければまごついていたでしょうし……世話の焼ける王太子殿下だ」

笑いながら独《ひと》り言《ご》ちて、殿下の後始末に追われるニコライだった。

◆◇◆◇◆

俺には物心ついた時から親はいない。自分が何者かも分からず、その辺に打ち捨てられていた物乞いだった。

皆が付けてくれたゼファーという名前はそのうち呼びやすいゼフに変わっていき、かろうじて自分がいる場所は王都の外れなのだという事は少し成長した時に理解したが、毎日生きるのに必死で、特に食べるものを手に入れる為には何だってしてした。

言葉を覚えるのには苦労したが、運動神経だけは良かった為、追いかけられても捕まる事はなかったし、刃物を持っても負ける事はなかった。

そんな自信が過信に変わり、８歳になる頃に大きなヘマをする。

いつものように食べ物に困っている仲間たちの為に盗みをしようと、大きめの倉庫に潜り込んだ……金目のものも沢山あったし食料も沢山置いてあったから、どこぞの貴族に持って行かれるものだろうなと思った俺は、少しくらい食料が減っていても分からないだろうと高《たか》を括《くく》っていた。

貴族なんていくらでも旨《うま》いものを食べられる、いくらでも着飾れる、最高のベッドで寝て、集まってお茶を飲んでいるだけの阿呆だと思っていたのだ。

(減っても気付かないだろ……)

「おい、食べ物をちょっと多めに持っていこう。宝石はダメだぞ」

俺は物乞いたちのリーダー的な存在だった事もあり、自分より小さい者の面倒を見なければならない。しかし皆幼かったから、宝石類に目がくらんだ仲間が俺の言葉を無視して、宝飾品を盗もうとしていた。

そういったものは幼い人間が売りに行っても相手にしてもらえないし、仮に売れても誰が売りに来たのか足がついてしまう為、盗んでも使い道がない。

俺の1個下の仲間、コウダの腕を掴む。

「宝石類はダメだって……」

「そこで何をしている!!」

背後から突然大きな声が聞こえる。やばい……役人が来た……！　咄嗟《とっさ》に幼い仲間を裏口から逃がした。自分だけなら簡単に逃げられただろうが、それをしてしまったらもう仲間の元へは帰れない。皆同じ穴の狢《むじな》だから、力を合わせて生き抜いてきたし、ここで見捨てる選択肢はなかった。

幼い仲間を逃がし、次は自分も……と思ったが、やはり囲まれてしまう。

散々役人から暴行を受け、体は全く言う事をきかないし、言葉を発する事も出来ない……このまま死ぬのか……アイツらが逃げられたならいいか……

意識が遠ざかりそうな中、そんな事をぼんやり考えていると、小さな子供の声だが偉そうな物言いの人物が現れる。

「その辺で止めるんだ。物乞いと言えども子供だ。弱き者を守る為に我々のような者がいると習ったぞ」

「はっ……失礼いたしました、ヴィルヘルム殿下」

「……ふんっ……もういい。ここは私が引き受ける。皆下がっていいぞ」

「し、しかし……」

「……子供をむやみに暴行した事、父上に言いつけるぞ？」

「……分かりました……」

バタバタと足音が遠ざかる。俺は助かったのか？　それにこの少年……ヴィルヘルム殿下？　貴族の子供か？　色々な事で頭の中がぐしゃぐしゃだったが、何とか顔を上げようとすると、その少年が顔を覗き込んでくる。

「お前、綺麗な瞳だな～！　見る度に色が変わって面白いな！」

少年はキラキラ顔を輝かせてそう言ってくる。しかし、自分の方がよほど美しいではないか、と言いたくなるほど綺麗な顔をしていたのでつい見惚《みと》れてしまった。

「さっき逃げて行ったのは、お前の仲間か？　……あの感じではいつか捕まってしまうだろうな。お前もさっさと逃げればよかったものを」

俺は少年を力の限り睨《にら》んだ。貴族にとっては取るに足らない人間だろうが、俺たち物乞いにものではない。

だってプライドはある。共に明日をも知れぬ日々を一緒に生きてきたのだ……簡単に裏切れる

「……ふん。威勢だけはいいようだな。おおかた裏切れなかっただけだろう」

驚いた。俺よりも小さく見える少年だが、とても賢い事は分かる。

「お前、面白いな。今日から私の話し相手になれ」

「っ……でき……な……い……」

必死に声を絞り出すと「お前の了承など必要ない。私がお前を必要だと言うんだから来るんだ」と強引に連れて行く気満々だった。役人たちは猛反対したが、少年が頑として受け付けずに俺を運ばせた。

そこからはドタバタだった……連れて行かれた先は王宮で、少年はこの国の王子だったのだ。俺はすぐに手当てされ、身なりを整えられて王子殿下のそば仕えとして本当に話し相手になった。そして運動能力を買われ、王宮騎士によって鍛えられるとめきめき頭角《とうかく》を現し、王子殿下の話し相手から専属の護衛になっていった。

あの時殿下は、ちょうど王都にお忍びで遊びに来ていたところ、騒ぎを聞きつけて飛び込んできたというわけだ。あんな王都の外れにお忍びで遊びに来るとは、どんな王子様なのかと思ったが……一緒にいる時間が増えると、殿下がこの国についてとても勉強していて、大切に思

っている事が伝わってくる。

俺たちのような人間を少しでも減らしたいと、あんな外れにまで来て、見回っていたのだ。

あの時の殿下はわずか7歳、自分は8歳だったのでその年齢からここまでの志《こころざし》を持っている事に驚くばかりだった。

理想で食っていけたら苦労はしないが……貴族や王族なんて何も考えていない連中だと思っていたのに、殿下なら理想を現実に出来そうな気がしてくる。

暴行され、意識が遠のきそうだったあの時、殿下が俺を……俺自身を必要だと言ってくれた事が、俺の生きる意味になった。

そんな殿下にも婚約者ができ、俺はその護衛を頼まれる事になる。普段は日陰者だが、今回の任務ではその婚約者であるオリビア様をそばで守らなければならない。

いつも殿下の近くにいる令嬢の事は知ってはいたが、一緒に行動していると、やはりこの方も殿下に近いものを感じた。

俺を救った殿下と同じようにオリビア様も幼い物乞いの女の子を助け始める……いつぞやの再現を見ているかのようだなと思った。

そして領地に連れて行くと言うのだ。その時のオリビア様の目は、あの時の殿下の目と同じだった。

俺は傷つけられた幼い女の子を抱きかかえながら、この子も自分と同じ運命を辿りそうだなと、あの時の自分と重ねていた——そしてその少女は、オリビア様の元で過ごすうちにどんどん健康的になっていった。

名前をソフィアと付けられて、５歳だが３歳くらいの背丈しかない。

ここまで成長が著しく遅いのも初めて見るな……彼女がいかに劣悪な環境にいたかが分かるようで、常にビクビクし、声もほとんど発しない。だが、時々相手をしてやると花が咲いたように笑う。

これが本来の彼女の姿なのだろう。

オリビア様が買ったガラス細工をソフィアに目線を合わせて渡すと、顔が茹《ゆ》で上がったのではないかというくらい赤くなった。

熱か？

オリビア様に任せるべきだったかしばらく考えた……こういう事を考えるのは苦手分野だな。

戦いなら自信があるのだが。

ソフィアを見ていると、あの時生き別れたコウダたちを思い出して世話を焼いてしまう。

何とかしてあげたい気持ちにさせられるのだ——

皆で商店街を歩き美味しそうなパン屋を見つけたオリビア様は、そこの女性店員の話に耳を傾け、この領地の税について話し込んでしまわれた。

この国は一見穏やかで表向きは素晴らしく見えるが、貧富の差が激しい……殿下が以前それを憂《うれ》いていたな。税を納めなければ住人として扱われない。俺もソフィアも子供だったがそんな事は関係なく、養ってくれる親がいなければ人間としての権利さえ失う。

そしてオリビア様も同じようにこの国の貧富の差を憂いていた。

二人とも似た者同士、この先良い王太子夫妻になるだろう。しっかり殿下からの任務を果たさなくては……そう胸に誓った。


それなのに……誓っていたにもかかわらず、この後俺は、またヘマをしてしまうのだった。

◆◇◆◇◆

微熱が下がってソフィアと図書館で過ごしたりしてゆったりと過ごしていると、体はすっかり元気を取り戻した。少し落ちていた食欲も戻ってきたので運動がてら散歩をしたり、前世でやっていた筋トレなんかもこっそりやっている。主にスクワットね。やっぱり足腰の筋力は大事だから。

読み書きがとても上達したので、ソフィアは図書館から持ってきた本を読む事が大好きになっていた。

自分の知らない世界が広がっていく事が楽しいのね！　趣味が出来たからか、以前ほど私にべったりではなくなり、ゼフに意味を聞きにいったりする姿もちらほら見られて、成長が早いわねとちょっぴり寂しくなっちゃう……

今までは与えられなかっただけで、彼女自身はとても真面目で知識欲の大きい子だったのね。

私は微笑ましく思い、今日は一人でロバートに話を聞きに行く事にした。

「じゃあロバートのところに行ってくるから、ソフィアをお願いね！」

ゼフとマリーにお願いし、二人は大きく頷き「お任せください、いってらっしゃいませ！」とマリーが送り出してくれた。ソフィアも二人の間から顔を出し、手を振ってくれる。

まぁロバートは同じ屋敷の中にいるから、そんなに意気込む事ではないんだけど……上手く話がまとまるといいわね。

ドキドキしながらロバートがいる執務室に向かったのだった。

——コンコン——

「お入りください」

ノックをするとロバートの声が聞こえたので、執務室に入る。

「失礼するわね。お仕事中にお邪魔しちゃったかしら」

「いえいえ、お嬢様の頼みとあらば、いつでもご協力させていただきます」

ロバートはそう言って笑顔で歓迎してくれた。すでに机には帳簿がどっさり山のように積まれていて、用意してくれていた事が分かる。さすがロバート。

「さっそく見させてもらってもいい？」

「もちろんです。こちらは旦那様がマナーハウスから王都に移り住んでからの分にございます。その前のものからだと凄い量ですので、何をお探しかおっしゃってくだされば、わたくしもお手伝いいたします」

ロバートは私の為にそう言ってくれたのだけど、まずは収支が見たいだけなのよね。

「ありがとう。ひとまず収支が見たいから一通り目を通していい？　何かあれば聞くからロバートは自分の仕事をしていて大丈夫よ」

ロバートは「承知いたしました」と穏やかに言って、机に座って自分の仕事に取り掛かる。

まずは直近の収支をチェックね……あの女性店員は教会に納める税の事を言っていたけど、

我が公爵家から教会へは……うん、やっぱりかなりの金額が教会に納められている。

何年前からこの体制なのかしら。帳簿をさかのぼるとお父様がマナーハウスに移り住んだ年あたりから、すでに納められているわ。ずっとこの体制？

これはロバートに聞いた方が良さそうね……

「この教会への支援金なんだけど、この金額はお祖父様の代からずっと納めているものなの？」

「そうですね。正しくは先代の時に旦那様が領地の改革を断行したのです。旦那様はまだ公爵を継ぐ前で経験の為に先代から領地経営を任されました。そこで領地をより活気のある街に変えようと様々な事を考え、実行に移していきました」

「たとえば？」

「まずは教会改革で、教会への支援金を増やす代わりに領民から教会へは税を納めなくていいという事にしたのです。領民は大層喜びましたよ。旦那様は領民が払える額以上に徴収するべきではないと考えていましたし、公爵領は資源が豊富なのもあって様々な商人がやってくるのです。旦那様はそこに目を付け、大きな市場を開き、商人たちの商売を活性化させようと考え、それはとても効果的でした」

ロバートの話を聞いて驚くばかりだわ……お父様ってば本当に凄いやり手だったのね！

確かに公爵領は資源が豊富なのよね。周りの森林には木炭や灰を作る職人も住んでいるようだし、ソフィアに贈ったガラス細工も作られているから、商品として並べる事が出来る。周りは海や川で魚介類をとる事が出来るし、温泉まで湧き出ているのだ。

これだけ資源が豊富だと商人も商売に来たくなるでしょうね……

「お父様って凄いのね……」

思わず声に出てしまったわ。ロバートは嬉しそうに話を続けた。

「旦那様が開いた大きな市場はどんどん賑わっていき、税収も同時に増えていきました。そこで商人たちの負担を減らす為に少し減税すると、さらに商人がやってきて、我が公爵領では年中市場が開けるほど集まるようになったのです。沢山の人々が集まるようになったので宿泊施設なども必要となり、旅の疲れを癒す為の湯も整備しました。ここまでになるには何年もかかりましたが、我が公爵領はそのおかげで税収を領民に還元出来るほど豊かになったのです」

聞けば聞くほどお父様の政策は素晴らしくて、私はとても誇らしい気持ちになった。

お父様が領地を管理している間にここまでの事が行われていたなんて……

ロバートの話を聞いていると、本当にやるべき事は全て成されているし、最高の環境とも言える。でも市場で聞いた女性店員の話は、お父様の政策とは辻褄《つじつま》が合わない。その事をロバートに話してみる事にした。

「前に市場を皆で歩いた時にパン屋の女性と話したんだけど、教会に納めなければならない税が年々重くてって話をしていたのよ。教会には十分な支援金を払っているわよね？　ロバートの話と領民からの話が合わないなって思うのだけど……ロバートは何か知ってる？」

その話をした途端《とたん》、ロバートの顔色が変わっていくのが分かる。

「……パン屋の女性がそのように？　教会へは毎月同じ額を支援しておりますし、今まで足りないという話は来ておりません。むしろ最初は多すぎるという話だったので、貧民層などにも積極的に施していたくらいだったのですが……」

「私が教会を見た時は扉が固く閉ざされていたし、女性店員の話ではいつも閉ざされていて、使われている様子がないのに集会をする時はお金を払わないと使わせてもらえないって言っていたわ。最近は教会へ行ってみた？」

私がそう聞くと、バツが悪そうな表情でロバートが首を振る。

「じゃあお父様の決めた事を無視して勝手に税を徴収しているのね……とても許しがたいけど、どのくらいの期間そういった状況なのか、とか色々確かめなければね」

「すぐにでも教会に問いただしましょう」

ロバートは自身の失態だと思ったのか、焦ってそのような事を言い始めたので私はそれを止めた。

「今はダメよ。このままの状態にしておいて。もし教会に私たち公爵家が動いていると悟られたら、証拠を隠したり対策するでしょう？　教会には気取られずに進めたいの。どのみち証拠は住民から納税証明書のようなもので押さえられるから、ひとまず教会は泳がせておくわ」

ここで悟られたら、身分を隠して市場に潜入したのが水の泡になってしまうものね。これからも動きにくくなるし、私たちの存在はしばらく隠しておきたい。

「……承知いたしました。このような事態になり、誠に申し訳ございません……旦那様になんと申し上げればよいやら……」

ロバートは落ち込んで肩を落とす……きっと公爵家の為に粉骨砕身の精神で務めてきたでしょうし、彼が誰よりもショックを受けているに違いない。

でもここで下手な慰めの言葉をかけても、ロバートのような高貴な志のある人間は嬉しくないでしょうね……

「お父様は謝ってほしいとは思わないでしょう。ロバートが誠実に務めてきた事を誰よりも分かっているはずだし。今回の件でロバートにも色々手伝ってもらいたいの。私一人では解決出来ないと思うから……解決出来たらチャラにしてあげてもいいわ」

「……チャラ？」

しまった、つい前世の言葉が出てしまう。

「あ、要するに謝ったりしなくてもいいわよって事！」

焦って訂正するとロバートは少し考え「お嬢様のお心遣いに感謝しますが……」と濁しながら、何とも言えない表情で考え込んだ後、ひとまず話を変える事にしたようだった。

「しかしご立派になられましたな……今回の件を解決出来たら、お嬢様の成長に旦那様も大層お喜びになるでしょう」

ロバートは目を細めてそう言っている。でも……これから言う言葉を聞いたらきっと成長していないと思われるに違いない。

「ありがとう。ロバートにはもう一つお願いがあるんだけど……その……街は大変賑わっていて素晴らしいと思うの。でも私には貧民街に住む人々の事も気になっていて……」

そう言うとまたしてもロバートの顔色が変わる。

「まさかお嬢様……」

「あそこを見に行ってくるわ。だから……お父様には内緒にしてもらいたいの……」

上目遣いでそう言うと、予想通り反対されたのだった。

「お嬢様をあのような場所に行かせる事など、断固として賛成できません！　あそこはとても危険なのです……お嬢様のような方が行けばどんな目にあわれるか……どうか考え直してくださいませっ」

ロバートは顔を真っ赤にして説得しようとしてきた。それだけ私を心配してくれている証拠だろうと思うと、胸がじんわり温かくなるものね。

でも、こんな豊かな領地でもそのような場所は存在し、子供たちが飢えている現実をきちんと見なければいけない。ソフィアのような子を一人でも減らす為に……

「私の気持ちは変わらないわ。公爵家の者として、きちんと現実を見てこなければ。今領地に来ているうちに少しでも見ておきたいの」

「……」

私の覚悟が伝わったのか、ロバートが諦めの溜息をつき、視線を落とす。

「……分かりました。これ以上言ってもどうしようもない事なのでしょう。その代わりゼフを必ずお供に連れて行ってくださいませ。決して深入りしすぎない事を約束してください……」

ロバートは観念したのか、渋々了承してくれた。良かった……ごめんね、心配かけて。心の中でロバートに謝りながら、これで前に進めるという喜びも同時に湧いてくる。

この時の私は自分のやりたい事に一直線で、相当浮かれていたのだと思う。この後、貧民街を訪れて、現実がどういうものかを嫌というほど思い知るのだった。

4章　遅れて来た婚約者

ロバートと話した日はちょっと話し込んでしまった為、翌日のお昼近くから貧民街に行く事にした。マリーやソフィアには内緒で行くので、二人には教会の様子を見に行くという事にしていた。

最初はマリーが用意してくれたジゴ袖のシュミーズドレスを着て、簡易なお出かけスタイルの衣服でマナーハウスを出発する。

市場には物販が運ばれてくる倉庫（つまり在庫置き場なのだけど）がところどころにあるので、ゼフが私を民衆から見えないようにサッとそこへ誘導してくれて、人気がないのを確認し、そこですぐに農民服に着替えたのだった。

ゼフも1日でよく用意出来たわね……本当にこの人は何者なんだろう。

「……お待たせ。行きましょう」

農民服はかなり汚れていて、お金持ち風な感じはすっかり消えている。髪はまとめてモップハットの中にしっかりと入れ、顔も少し汚しているので少なくとも貴族には見られないだろう……そう思っていたのだけど。

「すっかり農家の娘って感じじゃない？」

「……」

ゼフの目が「そう思っているのは自分だけ」と言っているような気がする……

農家の娘の姿をすると、市場での周りの目線が全然違ったものに変わる。明らかに場違いな人を見る目……今の私は確かにそうでしょうけど、さすがに傷つくわね。

さっさと市場を離れて農民たちが暮らす地域に入ると沢山の畑が広がっており、生き生きと働いている姿が見える。しかしどんどん市場から離れるにつれて、農民の中にも農奴《のうど》と言われる農業をするしか生活の道がない者たちの居住区に移り変わる。彼らは土地を借りて農作業をしなければならないので税を納めるのに必死で、生活に余裕はない。

私はそんな農奴に扮《ふん》しているから、ここを通っても違和感はないのでしょうけど……いつもの服装でここを通ったら危険でしょうね。ロバートが心配していたのがよく分かったわ。

そこを抜け、さらに領地の外れの外れ……貧民街に近づくにつれて足取りが重くなる。空気は淀《よど》んできているし、周りにいる人々の生気がどんどん失われていっているのが手に取るように分かった。

そしてついに辿り着いた貧民街は……この世とは思えない光景だった。

これが現実……私は直に目の当たりにし、立ち尽くしてしまう。

建物ですらないような物がいくつも並んでいて、私には箱にしか見えないのだけど、そこで生活している人がいるようね……地面に寝転がっている者や倒れている者、数人で固まって細々と何かをしている者や気力のない子供の集団、ボロボロの衣服を引きずって歩く老人など……

私が想像していた世界よりもさらに酷い光景が、目の前に広がっている衝撃に立っているのがやっとだった。

「……情けないわね……」

足がなかなか動かない。自分の覚悟がちっぽけなものだという事を自覚してしまった。

「……お嬢様？」

さすがにゼフが心配そうに聞いてくる。

「……大丈夫よ。ちょっと自分が情けなくなっちゃっただけ。……行きましょう」

「……ここからは私が先を歩きます。お嬢様は私の後ろから離れないでください」

ゼフがこんなに饒舌《じょうぜつ》なところを初めて見た気がする。そうね、ゼフの言う通りにしなければ。

私のような小娘がずんずん歩いていったら、注目の的だものね……

「分かったわ……でも私の事はお嬢様と呼ばない方がいいと思う。名前は大丈夫だと思うけど」

ゼフに静かに頷き、私たちは貧民街を歩き始めた。そこかしこに人が倒れているわ。病気なのか飢えなのか、喧嘩や殺し合いなのか……ここの空気が尋常じゃないくらい淀んでいるのだけは分かるわね。

こんな中で生活していたら、そりゃ伝染病が発症するのも分かるわ……不衛生すぎる。皆、衣服はボロボロ。領地には温泉が湧き出ているんだし、そこは身分関係なしに使えるはずでは？　どうしてこんなに不衛生な人々が溢れているの……そしてこの人たちを教会側が拒否する事があってはならない。

教会は保護区として公爵家が支援しているわけだし、今までもそうしていたのだから、ここの人々も前は少しはマシな生活だったはずよ。

どこかに話が出来そうな人物を探そう……ずっとこんな状態なのか聞かなきゃ。すると何かが私のスカートの裾を引っ張り、私はその力に足を取られ、転びそうになる。

「きゃっ……」

「……っオリビア様！」

ゼフが咄嗟に私の腰に腕を入れ、上体を支えてくれたので何とか転倒は免れた。危なかった……

「何者！」

私を守るようにゼフが前に入り込んでくれたのだけど、スカートの裾を引っ張ったのは、私の足元に倒れている老人だった。

「……お嬢さん……何か……食べる物……を……めぐんで……く……れ……」

どうか、どうか……と何度も乞われ、私はどうするべきか必死で考えた。今この瞬間恵んであげても救いにはならないだろう。けれども与えなければこの老人は、すぐにでも息絶えてしまいそうだわ……

「……ゼフ」

どうするべきか悩んでゼフの方を見ると、私の腕を引き「行きましょう」と歩き始めた。その老人と離れるべく歩き始めた瞬間、周りにいた物乞いたちがゆっくりと近づいてくる。

「お嬢さん……何か……持ってないかい……」

「食べ物を……」

「……頼む……」

「……喉が……渇いた……」

あちこちから、物乞いが手を伸ばしながら歩いてくる。私とゼフは先に進めなくなり、後ずさりし始めた。

「これはまずい状況ね……一旦引いた方がいいかしら……」

「……オリビア様。私から離れないでください」

ゼフから危険なオーラがヒシヒシと伝わってくるわ……一人の男が私に触れようとした瞬間、ゼフが男性の後ろに瞬時に回り込み、首の急所を叩き男性が倒れ込む。

すると周りの物乞いたちは、ゼフが男を攻撃したと激昂《げきこう》し、一斉に襲《おそ》い掛かってきたのだった。

それでもゼフは一人で全ての攻撃をかわしながら、相手を傷つける事なく急所をついていく……凄いわ……こんな神業、前世でも見た事ない。私は感心しながら邪魔にならない場所にゆっくりと動こうとした。

少しずつ後ずさる……気付かれたら逃げると思われて追いかけられそう……ゆっくり、ゆっくり……するといつの間にか私の後ろに回り込んだ人物がいたのか、首に腕を回され、ガッチリと捕らえられてしまったのだった。

しまった――

物乞いにしては体格が少しガッシリした男性は、右腕で私の首を絞め、左手で握っているナイフを私の頬にピタリと付けて、ゼフを脅す。

「このお嬢さんに傷をつけたくはないだろう……どうする……抵抗を止めるか？」

「……」

ゼフはピタッと動くのを止めた。そして、他の物乞いたちによって床に押し付けられ、身動きが取れなくさせられてしまう。

「……ごめんなさい、ゼフ……」

私が油断したばっかりに……

「……そうだ、そのまま抑えておくんだ」

そう言って男は私の首に回した腕に力を込めたまま後ずさる。引きずられる状態になって息が苦しい……

「……っ」

声が出せない……誰か……

「オリビア様！」

ゼフの声が遠くに聞こえる……ダメ……このままだと意識が……その瞬間、男の動きが止まった。

「オリビア様？　そう言ったのか？」

男は不思議な事に私の名前を聞いて、少し動揺しているように感じた。でも私は息苦しさでそんな事はどうでも良くなっていて……もう、無理……今度こそ意識が遠ざかりそうになった刹那《せつな》、背後から聞き覚えのある声が聞こえてくる。

「……首を切り落とされたくなければ、オリビアから腕を離せ」

……まさか……この声……

一瞬で意識が呼び戻された私は、何とか頑張って頭を後ろに向けて見ると、男の首筋にピタリと剣を当てているヴィルヘルム王太子殿下がいたのだった――

私はその声を聞いて、違う意味で息が止まるかと思った。こんな場所にいるはずがない。幽霊でも見ているかのような目で殿下を見つめていると、殿下から少し笑みがこぼれる。

「……そんなに見るな」

え……照れている？　危機的な状況にもかかわらず、殿下の反応に半分引き気味の顔をしてしまった。

「……おい、随分物騒なものを持っているじゃないか……身分の高そうな男だな」

私を押さえつけている男はわざと悪びれるような態度をとっているのか、殿下に軽口を叩き始めた。ダメよ、かりにも王太子殿下にそんな口をきいてしまったら、処刑どころの騒ぎではなくなってしまう。

とても物騒な想像をしていると、殿下は自身の剣に力を込め、かなりの負のオーラを出しながら脅し始めた。

一そのような軽口を今すぐ叩けなくする事は容易《たやす》いが、私の婚約者が血で汚れてしまうのは忍びない。まずは彼女から離れるまで待ってやろう。さっさと汚い手を私のオリビアから離せ」

私の……オリビア……やっぱり少し意識が混乱しているのかしら……次から次へと聞いた事のない台詞《せりふ》が殿下から飛び出てくる。

「……ふん」

これ以上抵抗しても無意味だと感じたのか男の腕の力が緩まる……解放されたと同時に一気に息が吸えるようになる……体に力が入らない……

「……ゲホッゴホッ……」

「オリビア！」

一気に空気が戻ってきた反動で酷く咳込んでしまった私を殿下が腕を引っ張り、力強く肩を抱いて支えてくれた。被っていた帽子はその時に脱げて、長い髪の毛がパサッと現れる。

何が起きているのか……どんなに動揺していてもお礼は言わなくては……

「……ケホッ……殿下、ありがとうございます……」

殿下に抱かれるような形になってしまったけど、立っているのがやっとで、正直助かる……

殿下が私を確保したのを見て、ゼフが押さえつけていた男たちをすぐに振り払い、殿下の近くにやってきた。

「……申し訳ございません……我が主《あるじ》……」

「……ゼフ、言い訳はあとで聞く。それよりもこの状況を説明してくれ」

ゼフと殿下が何か話しているけど、私にはその話よりも〝ゼフの主が殿下だった〟という事実で頭がいっぱいだった。お父様の護衛か怪しんではいたけど、まさかゼフの主が殿下だったなんて……という事は、ずっと殿下に見張られていたという事？

「なるほどな……随分と無茶をしたようだな、オリビア。帰ったら覚えておくように」

「……っ」

な、な、何よ、その獲物を食する前の獣みたいな目は！　私は表情を変えないように努め、必死で笑顔を取り繕《つくろ》った。

「……お取り込み中悪いが、あんたたち……何しにこんなところに来た」

さっきまで私を押さえつけていた男が、突然話に入ってきたので自分が危機だった事を思い出す。ようやく頭が冴《さ》えてきて、体も動くようになってきたから自分の足で立とう……相変わらず殿下に肩を抱かれたままだけど、かなり楽になってきたわ。

この男性は貧民街の住民みたいだけど、ちょっと違うような雰囲気を感じるのよね。体格もいいし、ボロボロの衣服を着てはいるけど、全くの物乞いって感じでもない気がする。

同じ事を思ったのか、殿下がその男をまじまじと見ながら一つの提案をする。

「お前、少しは話が出来そうだな……ここの話が聞きたい。適当な場所はないか？」

「……よそ者に話す事などない……帰れ」

何かを諦めた目……私はこの目を知っている。出会ったばかりのソフィアが同じ目をしていた。この人たちはきっと皆、周りに裏切られ、蔑《ないがし》ろにされてきた人々なのでしょうね。人を信じる事を諦めている、そんな目だわ。

殿下が何か言おうとしたのを制して、私は男性の前に進み出た。

するとと私の腕を掴み「オリビア……」と名前を呼びながら首を振る殿下の目が、不安に揺れていた。心配してくれているのかしら……安心させるように笑顔を向けてみるとほんのり頬を赤く染める殿下を見てしまうのだった。

これは見なかった事にした方がいいわね、思考を切り替えておもむろに男性に向き直る事にしたのだった。

「あなた方に簡単に信用してもらおうなんて思っていません。でもここは私の……公爵家の領地だから諦める事は出来ないの」

「……あんたは……」

男が驚き目を丸くしたので、私がここの領主であるクラレンス公爵の娘である事をこっそり耳打ちして教えると、さらに目を丸くし白黒し始め、すぐに恭しく頭を下げた。

「……私はオルビスと申します。ご無礼を働き、申し訳ございません。お待ちしておりました……まさかとは思いましたが閣下の……」

オルビスというこの男性は私の顔に懐かしい面影《おもかげ》を重ね、目を細めて少し笑っている。私はこの男性の言葉に固まってしまった……私を待っていたって一体どういう事？　すると周りの人々がざわざわし始める。

「まさか……クラレンス公爵の娘か？」

皆、お父様の名前を出しながら、私や殿下、ゼフを取り囲み始める……何、何事？　それに今ここで身分がバレてしまって大丈夫なの？　色々とまずい展開になったのでは——

公爵家を敵視している人はいなさそうだけど、これからどんな話があるのか、ひとまずオルビスの話に耳を傾ける事にしたのだった。

私のお父様と面識がありそうなオルビスという男性は、私たちを「こちらへ……」と誘導し、かつて倉庫として使われていたらしい建物へと連れてきた。ここでは一番頑丈そうな、建物らしい建物ね。

この建物まで歩いている間、殿下は無言で私の手をずっと握りしめ、今も離してくれる気配はない。

前世で夫との関係に悩んでいた記憶は私に男性不信を植え付ける事になり、小説での殿下は婚約者がいながら聖女とあっさり結ばれるし……男性に優しくされると正直ぞわぞわ寒気がしてしまうのよね。オリビアの結末を知っているだけに殿下とは極力距離を置きたい。

何よりこういう男女の甘酸っぱいやり取りなどしばらくご無沙汰だったものだから免疫《めんえき》がなさすぎて……どう接していいのか分からないわ。

「……あの……」

（ここで殿下はまずいわよね……なんて呼べばいいかしら……）

殿下は私の心を見透《みす》かしたかのように「ヴィルでいい」とこっそり言ってくれたのだけど、殿下を呼び捨てはさすがにまずくない!?

「君にそう呼んでもらいたいんだ」

耳元で低い声でポツリと言ってくる。分かっていてやってるのかしら。顔から火が噴きそう……どうしてこんなに距離が近いんだろう。

領地に来る前はこんなに優しい雰囲気なんてなかったのに――

「……あの……ヴィル……手を……」

（は、離してほしい！）

10代の少女じゃあるまいし、こんな事キリッと言ってやらないでどうするのオリビア！ まぁ見た目は17歳なんだけど……そんなツッコミを自分の中でしていると、殿下が恐ろしい事を言い始める。

「あぁ……君は何をしでかすか分からないからな。これは手綱《たづな》の代わりだ」

絡めた手を持ち上げながらそう言って、ははっと笑う。自業自得すぎてぐうの音も出ないわ……というわけで、大人しく倉庫まで手を繋ぐ事になったのだった。


倉庫と思われていた建物は外からは分からなかったけど、中に入るときちんとした住居のような作りになっているのが分かる。3階建てで1階には食堂もあり、憩いの場もあった。おそらく2階から上はここの住民が寝泊まりする場所になっているのでしょうね。このような場所が貧民街にあると分かって、ひとまずホッとした。

「こちらにお座りください」

促されるまま、私と殿下は食卓テーブルに男性と向かい合う形で座った。ようやくそこで殿下の手が離れる。よかった……心底ホッとする私って……

「……ここは、元は倉庫なの？」

「はい。農家が使っていた持ち主不在の倉庫がそのままだったので、3階建てでもありますし皆で使おうという話になりまして。ご覧の通りここ貧民街には、雨風がしのげる場所はここしかありません。女性や子供もいますから、とても助かっているんです。」とに言っても公爵家の方をここに座らせるというのは、大変恐縮で申し訳ないのですが……」

オルビスはとてもしっかり教育されているように見えるわ。言葉遣いも丁寧だし、対応が違う。どうしてここに住むようになったのかしら……

「そんな事気にしなくていいのよ。こうやって皆が避難出来る場所があって安心したわ」

そう言う私の顔をじっと殿下が見つめている。言いたい事はよく分かるわよ。私がそんな殊勝な事を言うなんて信じられないのでしょうね。でもオリビアは王太子妃に相応しくありたいと思っていただけで、心根はとても優しい子だったのよ……殿下が見てなかっただけで。

だから私は、今の自分の行動や言葉は、オリビアからかけ離れたものではないと思っている。

「何が安心した、よ。私たちの生活をよく知りもしないで……お貴族様は本当に気楽でいいご身分だこと！」

そんな言葉が私の後ろの方から聞こえてきた。振り返るとライムグリーンの長い髪をポニーテールにしている若い女性が、腕を組んで仁王立ちしていた。服は汚れていて露出が多く、この中ではとても個性的ね。

「テレサ！　口のきき方に気を付けなさい」

オルビスが窘めるように言ってくれたけど、テレサという女性は顔をそむけて知らん振りといった感じ。それにしても私はあまりテレサの事を気にしていなかったのだけど、隣から殺気を感じるのは気のせい、ではなさそう……。

「……そこの女、オリビアの言った言葉の真意も分からんのか？」

「お兄さんには悪いけど、分かっていないのはあんたたちの方よ。私たちがどんな生活を強いられているか……税を納められない人間は人以下の扱い。皆が入れる公衆浴場も出入り禁止。食べ物を買いに行けば石を投げられ、今まで助けてくれてた教会からはすっかり締め出されてしまった……子供たちの為の食べ物も満足に手に入れる事が出来ない。皆みるみる痩せ細っていくのに……」

「公衆浴場は出入り禁止？　皆が入れるようにと、お父様がずっと昔に整備したはずよ！　一体どうして……」

この領地の管理は全てロバートに任せている。でもロバートがそんな事をするとは思えない。誰がそんな事を決めているの……？

「ふん、自分の領地だというのに全く把握していないんだね……そんなんだから、あたしらがこんな目にあうんじゃないか！」

テレサは臆する事なく、どんどん私に怒りをぶつけてきた。

「あたしらが虐げられている間、あんたらはぬくぬくと旨いもの食って、あったかい布団で寝て、何不自由なく暮らしていたんだろ⁉　それを今さら……救いの手を差し伸べに来ましたって？　バカにしやがって、何しに来たんだよ……」

「テレサ……」

オルビスが泣きそうなテレサを心配して彼女の元へ行き、背中をさすって落ち着かせてくれる……ぐぅの音も出ないくらい正論ね。王太子妃教育に必死だったって言っても、彼らから見たら贅沢《ぜいたく》な悩みでしょうし……いつの時代も虐げられるのは弱い者ばかり。

私は自分の事で精一杯で、ここまでの状況を考えてあげられなかった。上に立つ者のくせに……王太子妃候補としても領主の娘としても失格ね。

突然オリビアの中身が私に変わって、子供たちの為にやってきましたって言ったって、誰も納得するわけがないわ。

信頼を得るには言葉じゃなくて、行動で示すしかない。

「あなたの言う事、全てその通りよ。私は何か言える立場ではないわ」

「お嬢様！　お嬢様は王太子妃候補なのです……領地に顔を出す事が出来なくても当たり前……」

「オルビス、いいの。領主の娘として生まれてきて、私に責任がないとは間違っても言ってはいけないわ」

私はオルビスを制して、椅子から立ち上がり、テレサの元へ行く。テレサは領主の娘に暴言を吐いた事を自覚してか、私が近づくとビクッとしながら震えていた。

私が守るべき者は子供たちだけではなかったのね。テレサの両手を握り、頭を下げる。

「あなたたちの苦しみに気付いてあげられなくて、ごめんなさい。こんな私だけど挽回《ばんかい》するチャンスがほしいの、お願い……」

「お嬢様！」

「オリビア！」

殿下とオルビスが同時に私の名前を呼ぶ声がする……貴族が簡単に頭を下げるものではない事は分かっているわ。でも、私の気持ちを感じてもらうには態度で示すしかないの。

「……いいよ。あんたの好きにしてみなよ。どうなるか見ててやる……」

「……ありがとう、テレサ……」

「馴れ馴れしく名前で呼ぶなよなっ……」

……耳が赤い、これがいわゆるツンデレってやつかしら。背は高いけど猫のようで可愛いわ。

私はふふっと笑いながらテレサの頭を撫でてみる。するともっと真っ赤になって、プイッと背中を向けてしまった。

……可愛いわ……

「……さっそくなんだけど、あなたたちに聞きたい事があるの。オルビス、テレサもお話を聞かせてもらってもいい？」

「……何なりと」

「……仕方ないな……」

周りでは住人が私たちのやり取りを見守っている。しっかり話し合わないと……二人の協力を得て、ここの現状をちゃんと把握しなければ。

そう思い殿下の隣にまた腰を下ろすと、私の手をそっと握ってきた。心配してくれてるのかしら……ちょっと勇気が出てきた気がする。

「……大丈夫ですわ」

笑顔で殿下にそう言うと驚いた表情を見せ、私の手をさらにぎゅっと握ってきたけど、それ以上何も言ってくる事はなかった。

「あなたたちに聞きたい事は、ここの事なんだけど……私の記憶が正しければ、私が領地にいた8歳くらいまでは、あなたたちのような人々が集まる場所はなかったと思うのだけど……」

「……そうだよ」

テレサは少し俯きながら答えてくれた。嫌な記憶を思い出してもらうのは心が痛むわ……でも聞かなければならない。

「いつぐらいから、こういった場所が出来始めたの？」

「私も最初からいたわけではないんですが、皆の話を聞く限り、お嬢様が殿下と婚約が決まり王太子妃教育の為に完全に王都に移り住む時、旦那様も一緒に王都に行ってしまわれてから……数年経ってからです」

「……アイツだよ……教会に変な司祭が来てから全部変わっていったんだ……」

テレサが苦々しく吐き捨てるように言うと、殿下が司祭という言葉に反応したのだった。

「変な司祭？　……それは聞き捨てならないな。名は？」

「……ヤコブ……あーーあんなヤツの名前を口にするだけで吐き気がする。アイツはここに突然やってきて、公爵がいないのをいい事に私らのような人間を教会から追い出した。入れてほしければ税を納めろと言い出して……ただし女は……条件を飲めば入れてやると……」

「条件？　……まさか……」

すごく嫌な予感がする。私はテレサに聞いてから後悔した。

「……そうだよ。体で払うなら入れてやると言ってきやがった……私が教会に通っていた時もすり寄ってきて……変な手付きで……」

「テレサ」

そこからはオルビスが制した。テレサはその時の事を思い出したのか頭を抱えてしまう……

「ここからは私が。そのヤコブ司祭は王都から派遣されて来たようで、自分には様々な権限があるのだと言っていました」

「王都からという事は聖ジェノヴァ教会から派遣されてきたのだな。あそこがこの国の教会にとって中枢である事は間違いない。そこから派遣されて来た司祭か……厄介だな」

どういうところが厄介なのか、私には理解できずにいたので殿下の顔を見ていると、私の考えている事が分かったのか丁寧に説明してくれた。

「聖ジェノヴァ教会は王族とも関係が深く、大司教クラスになると貴族と同じ、いやそれ以上の権力を持つ場合がある。王家としても教会とは波風立てずにやっていくに越した事はないからな……そこから直接派遣されているとなると、様々な権限があるというのも皆が納得してしまうだろう。もちろん公爵もその司祭が来る事は了承済みだろうが……大司教あたりからの話なら、派遣を了承せざるを得なかったのか……」

ヴィルも考え込んでしまう。聖ジェノヴァ教会は、のちに聖女が降臨する教会だったはず。その教会が我が公爵領に入り込んできていたという事？

「さすがに王都から派遣されてきた司祭に貧しい者たちが口を出す事は出来ないので……それでも皆、細々と生活をしていたようです」

「オルビスはいつからここで暮らすようになったの？」

私は素朴な疑問をぶつけてみた。明らかに公爵家と縁がある話しぶりなのに、今はここの住人でもあって……でも公爵家と通じ合っているようにも見えないのよね……

「私は元々、公爵家にお世話になっていた者だったんですよ」

「え？」

オルビスの突然の告白にびっくりして変な声が出てしまう。公爵家にいたなら私も顔見知りのはずよ。私には転生する前の事は小説に書いてあった事くらいしか分からない。オルビスっていう名前は出て来なかったから……

「お嬢様は幼かったので覚えていらっしゃらないかもしれません。旦那様にもお世話になって……今はマナーハウスをロバート様が取り仕切っていますが、私はロバート様の手伝いをしていました」

「ロバートのお手伝い？　……ロバートの……」

……小説に出てきたような……ロバートの手伝い……あ！

「お馬のオーリー!?」

「ははっ、そうです、オーリーです」

お馬のオーリーとは本物の馬ではなくて、昔領地で過ごしていた時にお馬さんごっこで、私を背中に乗せてくれていたお手伝いのお兄さんの話が出てきていたはず……まさかオーリーがこんなところにいたなんて……

「領地に戻ってきたら、もうあなたはいなかったから……どうしてここに？」

「初めに話しておきますが、公爵家を追い出されたわけではありません。きっとロバート様は私を探してくれたと思うんです……お嬢様が王都に移り、旦那様も移り住んでから1、2年くらいは平和でした。私はロバート様の手伝いをしながら領地の子供たちとも交流していたのです。貧しい子供も教会が面倒を見てくれていましたし、あの頃は本当に平和だった……しかしヤコブ司祭が来てから、テレサが言っていたように教会の様子がガラッと変わり始めまして……その……」

オルビスの顔が途端に曇り出す。言い出しにくそうなのを見かねて、テレサが助け舟を出してくれた。

「行き場がなくなった貧しい子供たちが、突然行方不明になる事が増えたんだよ……」

「!?」

私と殿下は顔を見合わせ、驚きを隠せなかった。それがヤコブ司祭の仕業だという確証はないにしても、なんて事が起きているの――

「貧しい子供と言っても私は多くの子供たちと交流していたので、顔を知っている子供も沢山いたのです。どこにも姿が見えなくて……貧民街に探しに行った事もあります。でもそこでも同じような話がされて、住人に探してほしいと……ロバート様はとても心を痛め、旦那様は密かに衛兵を雇って領地近辺の警護を固めたり探ってくださったりしていました。私もこのままではいけないと思い、原因を探るべく動いていたんですが、教会でヤコブ司祭が……小さな子供は役に立つと話しているのが聞こえて……」

「まさか……人身売買⁉」

私がそう言うと、オルビスが静かに首を振り、俯いてしまう。

「分かりません。しかしその話を聞いて、子供たちが行方不明になっていく事が頭を過《よ》ぎり……私は感情的になってしまいました。今の話はどういう事かと、子供たちの行方を知っているのかと、愚かにもヤコブ司祭に詰め寄ってしまったのです……何の証拠も裏付けもなく」

「……バカだな。そんな事をすれば聖職者たちが黙っていない」

「ヴィル！」

「いいんです。本当にその通りでしたから。司祭は自分のような王都から来た敬虔《けいけん》な聖職者を人身売買の犯人扱いしたと激高し、私を領地から追い出すようにロバート様に詰め寄り……旦那様が来ないと収まらない状況で……公爵家に迷惑がかかってはと、旦那様がわざわざ王都から来てくださったその日の夜に姿を消しました」

なんて事……そんな事になっていたなんて。確かに、何の証拠もなく王都からの聖職者を犯人扱いしたとなっては……司教ならまだしも、その上の大司教まで話が及んだらお父様でも手が出せないかもしれない。

「人身売買は我が国は法で禁止している。そのような事が行われるわけがないと、誰もが思っているだろう。それを裏付ける相当な証拠がなければ……そこを利用されたな」

オルビスは俯いてしまった。ここまで騒がれたら、公爵家もオルビスに何らかの処分を下さなくてはならなかったでしょうね。聖職者というのはそれくらい地位が高いというのは小説で読んだわ。

「人身売買はかなり根が深い問題だ……我が国では先代の国王が法を整備し、ようやく禁止に出来たがまだまだ徹底されていないのは分かっていた。私はどこが温床になっているのか、ずっと調べていたのだ。やはり教会が一枚噛んでいるのかもしれない」

ヴィルがそんな事をずっと調べていたなんて。教会の力は強大だから、ちょっとやそっとじゃ裏を取る事は難しいのね。

「きっと私がいなくなった事で、公爵家として処分した事になったのだと思います。旦那様が上手く事を収めてくれたのだと。ロバート様のここでの立場も悪くしてしまって……もう公爵家には戻れませんし、かといって行く当てもない。領地を出ようと決意して外れまで歩いてきたら……」

「ここの人たちの存在を思い出したのね」

「そうです。あの司祭が来て、虐げられている人や貧しい人が急速に増えたんだなと理解しました。その人たちを放って出て行く事は私には出来なくて……幸いここにはヤコブ司祭のような人は来ませんし。貴族の方も近寄らないだろうと身を寄せたのです。せめてここにいる人たちが何とか暮らしていけるようにと。ここは子供たちを守る為のシェルターでもあるんですよ。何かあれば私たちで守れるように」

「……オルビス、あなたにはいくら礼を言っても足りないわね……ありがとう」

私は、あらためてオルビスの迅速な対応に感謝を示した。オルビスは若干照れているが、この話をする時の彼の表情は苦しそうだった。

ここの人たちはもう仲間であり、家族なんだわ。ずっと誰かが助けに来てくれるのを祈るような気持ちで待っていたのかもしれない。

でもあの感じを見ると、全然公爵家に動きがなくて諦めかけていたのかも……ロバートに教会の話をした時は気まずそうな顔をしていたし、この事件が尾を引いていたのかしら。

オルビスの一件で教会と公爵家には大きな溝が出来てしまっている。その溝に入り込むかのような教会の動き……

以前のオリビアなら、王太子妃教育に忙しくて領地に来る事が出来なかったでしょうし、そのまま処刑されて公爵家が取り潰しになったのも頷けるわね。ここまで領地で教会の力が増していたら、どのみちオリビアの処刑がなくても危なかったかもしれない。

転生してよかったのかしら……とにかく今、私がここにいる意味を考えて、この拗れてしまった問題を何とかしなくちゃ――

「ロバートはその事もあったから、教会とあまり関わらないようにしてしまったのかしら。ヤコブ司祭が激怒した時の事もあって、これ以上聖ジェノヴァ教会が出てきたら王都でのお父様の立場にも関わってしまうし」

「そうだと思います。私がしてしまった事で旦那様とロバート様は、本当に大変だったのではないかと。ご迷惑をおかけしてしまって……」

オルビスはかつての事を思い出し、ますます俯いてしまった。でもだからって税を勝手に徴収していいわけではないわ。公衆浴場だってお父様が整備して皆が使えるようにしたのにテレサたちは立ち入り禁止にされて……ここは公爵領であり、ヤコブ司祭のものではない。

「私の方でも色々動いてみるわ。それと、あなたの事をロバートに伝えてもいい？　きっと今も心配していると思うの」

「……本当はこんな事をお嬢様にお願いするのは間違っているのですが……ロバート様に謝罪したいのです、勝手に姿を消した事、ご迷惑をかけた事を……」

この人は本当に真面目なのね。ロバートも真面目だし、二人からは同じ空気を感じる。正直者がバカを見る世の中は間違っていると思う。

「オルビス、ロバートは迷惑だなんて思っていないと思うけど、あなたの気が済むなら好きにしたらいいと思うわ」

「ありがとうございます！　お嬢様！」

オルビスが私の両手を握り、ブンブン縦に振って喜びを爆発させてくる。

するとさっきまでオルビスの話を心配そうに聞いていたテレサの顔が般若《はんにゃ》のように変わっていた……テレサ、分かりやすいわ……そういう事なのね！

ふふっ……若いっていいわ〜〜！　つい前世の30代の私が出てきてしまう。

そんな事を考えていると、私とオルビスの手を殿下が引き剥がした。

「……もういいだろう。あー話はまとまったな。今日はもうここにいても出来る事はないだろうから、そろそろマナーハウスの連中も心配し始める頃だ。この辺で帰るぞ、オリビア」

「……」

無言の抵抗をしてみたのに気にする素振りもなく、殿下は帰ろうと席を立ってしまう。もう……せっかくここまで来て貴重な話を聞けたのに、サッサと撤収しなきゃいけないなんて。

それに殿下は何しに領地に来たんだろう。来てくれてとても助かったけど、オリビアに全く興味なかったはずなのに……殿下の意図が全く分からない。

でも、この国の王太子に不敬を働くわけにはいかないわよね。

「……承知いたしました。今日はこの辺で帰る事にしましょう」

「あの――……お嬢様、このお方は……まさか……」

……そうよね、オルビスたちは王太子殿下のご尊顔を拝見した事がないんだ。あの後も暗い話が続いたし、自己紹介していなかったわ。

「この偉そ……んんっ……このお方は、我が国のヴィルヘルム・ディ・ハミルトン王太子殿下です」

「！　……やはり婚約者と言っていたのは聞き間違いではなかったのですね⁉　も、も、申し訳ございません‼　殿下に大変なご無礼を働いてしまいっ……」

オルビスは土下座する勢いで、地面に頭を付けて謝罪し始めた。

チラリと殿下の顔を見てみる。さぞや得意げな顔をしているのかと思いきや、不愉快とは違う、ちょっと苦しそうな表情をしている。あまり嬉しそうな顔をしない事が意外だわね。

「……顔を上げるんだ」

「……へ？」

「オリビアの知り合いだから許すと言っている」

ぶっきらぼうにそう言うと、オルビスに背を向けてしまう。

最後は何か呟いていた気がするんだけど、なんだったのかしら。あとの方が聞こえなかったわ。

オルビスも聞こえていなかったみたいだし。でもオルビスが殿下の不興を買わなくて良かった！

「……あ、感謝いたします、王太子殿下！」

オルビスはまさか許してもらえると思っていなかったのか、殿下の言葉にポカーンとした後、またしても床に頭を擦《こす》り付けてひれ伏してしまう。地面に埋まってしまうような勢いね……さすがのテレサも目を白黒させているし、周りの住人も物凄くザワザワしている。

地面に突っ伏してしまう人まで出始めてしまったわ。やっぱりこの世界で王太子殿下ともなれば、神に近い存在なのね。

こんな状況にも殿下はあまり喜んでいる顔を見せない。何となくバツが悪そうな感じがするのは気のせい？

とにかく、これ以上ここにいても迷惑がかかるだけね。さっさと切り上げましょう。

「じゃあオルビス、また連絡します。ロバートにも伝えておくわね！　この件が解決するまで、私なりに支援させてもらうわ。あまり目立ってもいけないから、大がかりには出来ないけど」

「お嬢様……ありがとうございます！」

オルビスは涙目でお礼を言ってくる。彼がそれだけここの人たちに思い入れが深い事が伝わってくるわ。テレサもそんなオルビスの姿を眩しそうに見ていた。

「支援はいいが、我々がここに来た事や支援する事は、しばらく司祭側に悟られないように気を付けてくれ。その方が尻尾を掴みやすい。我々が君たちの元に来ている事など夢にも思っていないだろうしな」

悪い顔をしているわ……ここは公爵領であると共にハミルトン王国のものなのだから、自国で民を苦しめる事を好きにやられたのでは王太子殿下としても腹立たしいはずよね。

この件を聞いてすぐに教会に殴り込みに行かなかったのは、ちょっと意外かも。殿下は私が思うほど直情的な人物ではない、という事かしら？　そんな事を考えながら、今日のところはこの建物をあとにしたのだった。

5章　見えない陰

オルビスたちとすっかり話し込んでしまったので、帰る頃には日が傾き始めていた。彼らと別れて貧民街を殿下とゼフと3人で歩く。

その間も相変わらず殿下は手を離してくれない……男性と手を繋ぐ事に慣れていない事もあって、むずがゆい気持ちを隠せない。

「……殿下……そろそろお手を離していただいても一人で歩けますわ」

私はにっこり笑いながらそう告げた。でも殿下が手を離してくれる気配は全くない。それどころか足取りは早くなるばかりで、一刻も早くここを出たいのだと伝わってくる。

「あの……こんなところに一人で来てしまって、申し訳ありません。まさか殿下が来ていると は思わず……」

私がそう言うと、殿下はピタッと止まってしまう。

「……では、私が来ていなかったら……ここだけではなく、教会にも乗り込んでいたのか？」

「……」

これはどう言えば正解なんだろう。私はすっかり答えに困ってしまうのだった。

私の本音を言うならばＹｅｓだわ。正直この領地に来たのも貧しい子供たちの生活改善の為だし、自分の領地で不正が見つかってそれを見過ごす選択肢はないもの。

今はもう王太子妃になりたいなんて微塵も思っていないし、領地経営が私に残された道であると共に私がやりたい事だから。この思いを殿下にぶつけてしまう事は、すなわち王太子妃候補を辞退したいと言っているのと同じ……

「……君は私の婚約者だ。こんな危険な事をやっていい立場ではない。そんな事が分からない君ではないはずだ……」

「そう、ですわね……でもこれは、私の使命だと思っております。公爵家に生まれた私の……」

「君の使命は……っ」

そこまで言って、殿下は黙ってしまった。薄々分かっているのかもしれないわね。私が王太子妃としての務めより、領主の娘としての務めを優先している事を……

「……はぁ……躾《しつけ》のなっていない猫には、主からの調教が必要だな」

「え？」

殿下が溜息と共に不穏な言葉を放ったと同時に私を横抱き、いわゆるお姫様抱っこというものをしてスタスタ歩き出した。

「きゃ!?　で、殿下?!!」

「……殿下ではない。ヴィルだ」

「……ヴィル……何を……」

お姫様抱っこなんて私の記憶を辿る限りされた事はないし、前世の世界でももちろんあり得ない。そして私の問いには答える素振りもなく、殿下はゼフの方に向き直った。

「私たちは先に行くぞ。そなたは後から来るように。我々が去った後、少し見回ってくれ……私の正体がここ以外でバレていたらまずいからな」

「は。仰《おお》せのままに」

そう言って私をお姫様抱っこしたまま、また歩き出した。気まずさを抑えて抱かれたままでいると、入口付近に美しい白い馬が繋がれているのが見える。どこからどう見ても普通の馬には見えない。

まさか自身の馬で駆けつけたの？　どうして……私が疑問に思っていると、豪華な馬装の鞍《くら》部分に私を横向きにそっと乗せ、手綱を解いた後、自身も後ろに跨った。

「マナーハウスに着いた時に君がどこにもいなくて、家令を問い詰めた。ここの話をされた時に私がどれだけ驚いたか……」

「殿下……」

「ヴィルだ」

「……申し訳……」

謝ろうとすると私の唇にそれ以上何も言わせないとばかりに自身の人差し指を当て、遮ってくる。そして殿下は、自身の親指で私の下の唇をゆっくりなぞり、顔を近づけてきた。

え……これってキスされる⁉

思わずぎゅっと目を瞑《つぶ》ったのだけど、何も起きない。

そっと目を開くと、すぐ近くに苦しそうな殿下の顔があった。何かに耐えるような顔……殿下は額と額をコツンと合わせた後、自身の顔をふいッと前に向けると、私の唇に触れていた手はゆっくり離され、手綱を握った。

「……まずはマナーハウスに戻ろう……」

絞り出すかのような声はそっと風に消え、馬は走り出し、スピードを上げていく。

あのままキスされるのではないかと思った私は、勘違いだった事に恥ずかしさでいたたまれない気持ちになる……恋愛偏差値低すぎるわね。体中の熱が顔に集まっているんじゃないかってくらい顔が熱い。

この人はこれから現れる聖女に惚れて、結ばれるんだから。

もはや恥ずかしさなのか、ただ単にドキドキしているのかは分からないけど、前世の私なら動悸、息切れを起こしてしまいかねないわね……肉体が若くて良かった。マナーハウスに戻るまでに落ち着かせようと必死に頑張ってはみたものの、こういう事にご無沙汰だった私には抗《あらが》う術はなく、終始心臓が痛いままだった。

恋愛偏差値って大事ね……この世界で生きていくには、確実にスルースキルが必要だと切実に思ったのだった。

◆◇◆◇◆

ニコライからオリビアの体調が思わしくないという話を聞き、自身の馬を飛ばして予定通り公爵家のマナーハウスには1日半ほどで着いた。

急いで飛び出したのでほとんど何も用意をして来なかったのだが、日頃から鍛錬《たんれん》している肉体にはさほど影響はなかった。

途中、宿に泊まろうとも思ったが、早くオリビアに会いたくて夜通し飛ばして走り続けてしまうとは……あれほど冷たい態度だった自分の変わりように自分が一番驚く。

きっと私が来たらオリビアは驚くだろうな……何しに来たと言われてしまうだろうか。そんな不安を振り払うかのように馬を飛ばした。

私は昼頃にマナーハウスの門まで辿り着いた。しかし門番が「何者だ」と立ちはだかる……

無理もない。このスピードで馬で駆けてくる者がいたら、まずは怪しむであろう。事前連絡もしていなかったので、家令から何も聞いていないだろうしな。

「私はハミルトン王国王太子、ヴィルヘルム・ディ・ハミルトンだ。門を開けてくれ」

「は……ははっ!!」

ゆっくりと門が開かれる。すると中から慌てて家令が姿を現した。

「あ、あなた様は……まさか……」

「ヴィルヘルムだ。突然の訪問になって悪いな。さっそくだがオリビアはどこにいる？　ここに滞在しているはず……彼女に会いたいのだが」

私がオリビアについて聞くと、途端に家令の顔が青ざめていく……実に分かりやすいな。何か隠していると言わんばかりに目が泳いでいる。

「……何があった？　私に隠し事は出来ないぞ」

「……そ、それが……」

家令が話したのは驚くべき事実だった。オリビアが領地の外れにある貧民街に向かったと……私は自身の馬に飛び乗り、急いで貧民街へと向かうのだった。

あそこは貴族の娘が行くような場所ではない。世間知らずの彼女が行こうものならどんな目にあわされるか……ゼフがそばにいるはずだが胸騒ぎがする。馬を飛ばしてあっという間に入口に辿り着いた。

入口付近はやけに静かでオリビアやゼフの姿は見えない。

ひとまず落ち着こう……手綱を近くの木に括《くく》り付け、辺りを歩いた。私のような者が歩いている事に驚きを隠せない住人たちは、皆凝視しながら固まっている。中には「ひぃ！」と声をもらして物陰に隠れてしまう者もいた。

ここは世の中から虐げられている者が集まっているからな……私のような貴族風の者が歩いていると、何をされるかと恐怖するのかもしれない。

「きゃ!!」

突然、先の方から女性の声が聞こえてくる……オリビアの声だ！　私は急いで駆けつけると、オリビアは男の腕で首を絞められていた。

私の全身から血が引いていくのを感じた。私のオリビアに何を……そして頭より先に体が動いた――

音もなく男の背後に回り、首に剣を突き当てる……男の体は硬直し、オリビアは私がいる事に驚きを隠せず、大きな美しい目を見開いて少し振り向きながら私を見つめていた。

美しいな……

「……そんなに見るな」

今までオリビアに見られる事など日常茶飯事だったのに、こんな時にもかかわらず気恥ずかしくなってしまうとは。今はそんな状況ではない。男からオリビアを解放せねば。

「私の婚約者が血で汚れてしまうのは忍びない。まずは彼女から離れるまで待ってやろう。さっさと汚い手を私のオリビアから離せ」

私以外の人間がオリビアに触れている事に我慢《がまん》ならない。男は渋々腕を緩め、オリビアを一気にこちらに引き寄せる……と同時にオリビアの肩を抱いた。

私の腕にすっぽりとおさまった彼女は、少し力を入れたら折れてしまうのではと思うほど華奢《きゃしゃ》で、それでいて柔らかい。ずっと抱いていられるな。これは私の方が心臓がもたないかもしれない。

ゼフは私に駆け寄り、すぐにこの件について謝罪してきた。ひとまずオリビアを無事に解放出来たので、この場は咎《とが》める事はせずにゼフから説明を受ける事にした。

ゼフは優秀だ。今回の事態も何か事情があるに違いないのは言わなくとも分かるが……どのような経緯があったか、あとで必ず話を聞かなくてはならないな。

そして目の前の男はどう見てもここの住人らしくない。オリビアと話しているのを聞いて、やはり訳ありだった事が判明する。

我々は大きな倉庫のような建物に場所を移して話し合う事になったが、そこで聞いた様々な話は、驚くべき内容だった。

ここの司祭が公爵家の領地で好き勝手やっている事、オリビアと知り合いのようだった男は元々公爵家で働いていた事、司祭が公爵領で人身売買をしている可能性がある事、オリビアがそれを解決しようとしている事……

公爵領では教会の者によって、人身売買が行われている？


私は幼い頃から、この国の問題であった人身売買を根っこから根絶するべく動いていた。

先代は法で禁止したが……対外的にはそれで禁止にはなったが、表立ってやらなくなっただけで、長年根付いた因襲をすぐに排除する事は到底出来ない。

どこが温床になっているのかを突き止める……父上も懸念し、先代の時から動いていたが、父上はもう国王になり、身軽に動ける立場ではなくなってしまったからな。

これはこの国の王族として生まれた者としての責務だと思っている。

ゼフと出会ったのもそんな時だった。物乞いの立場にありながら自分を失わない強い目……ゼフのそんなところを気に入り、連れてきた。

あの頃からもしかしたら教会がその温床になっていたのか、それとも初めからなのか……なかなか尻尾を掴めないでいたのでどうしたものかと思っていたところ、ここでその話が聞けたのは大きな収穫だった。

聖ジェノヴァ教会は公爵家にまで手を出し始めていたのだな。

公爵も今は王都を離れ、領地に引っ込む事は出来ないだろう。

貴族派が幅を利かせ始めているから、今公爵が王都から離れれば一気に貴族派が勢力を拡大する恐れがある。そうなれば公爵家の立場が危うくなっていく事はすぐに想像出来る。

領地の事も当然気になっているだろうが、オリビアを守る為に王都を離れるわけにはいかないのだろうな。

それに……王都での公爵の影響力が弱まれば、私の婚約者にと自身の娘を推してくる貴族が沢山出てくる。

私にはオリビアしか考えられない。

だが王族や貴族にとって結婚とは政治でもある……それは分かっているのだが……もしもの可能性など考えたくはない。

本来なら、彼女にはこんな危ない事に首を突っ込んでほしくないし、私の元に閉じ込めてしまえればどんなにいいか……思考が危ない方向に行きそうになるな。

しかし真面目で誠実で優しいオリビアは、自身の領地で起こった事を見なかった事には出来ないだろう。

テレサという司祭によって傷ついた女性の手を握り、慰め、謝罪するオリビアは女神そのものだった。

貴族の娘が平民、ましてや貧民街の住人に頭を下げるなど、まず考えられない事だ。

しかし彼女は出来てしまうのだな。我が国の民を等しく愛し、慈《いつく》しむ姿にオリビアほど王太子妃、その先の国母に相応しい女性はいないと私は考えている。

このような素晴らしい女性と婚約していたにもかかわらず、自分は何を見ていた？　と激しい後悔の念に駆られた。


オルビスが私にひれ伏す姿を見て、私はそれに相応しい人間ではないと言ってしまいそうになった。

私自身が彼女の隣に相応しい人物にならなければ……マナーハウスに帰ろうと馬に乗せたオリビアに口付けをしてしまいそうになったが、今の私は彼女の隣に立つ人間として相応しくない。

必死に耐え、馬を走らせた。

ここの問題を共に解決する事に集中しよう。解決するまでオリビアは王都に帰らないだろうし、彼女を置いて王都に帰る選択肢などあり得ないのだから。

しかし早めに解決しなければ……この件があの母上の耳に入れば私もオリビアも呼び戻されてしまう。急がなければ。

それにここの問題を見て、この国の問題も浮かび上がった感じがするな……国とは王家のものではなく、民のものだ。父上は常に私にそう教えてくれた。教会が民を私物化しようとするならば断固として阻止しなければ。

父上の目指す国の姿にはほど遠いこの貧民街を見ると、私にもまだまだやるべき事が山積みだな。

そんな事を延々と考えながらも、腕の中の彼女の温もりが私の頭の中を幸福感でいっぱいにしていく。

私は、マナーハウスに着くまでに自分の心臓を静める事に必死だった。

◆◇◆◇◆

領地の貧民街に行きたいというオリビア様に付いて行ってくれとロバート様に頼まれたが、本来なら止めるべきだった。しかし俺を救ってくれた殿下も幼いながら貧民街を直に見る必要があるとやって来たのを思い出し、オリビア様にも必要な事なのかもしれないと考え、協力する事にしたのだ。

彼女の目指すところがどこなのか、少しばかり興味もあった。王都の貧民街で育った俺には、殿下やオリビア様が目指す国を見てみたい、少しでも俺やソフィアみたいな人間が減ってくれる事を願ってしまう……そんな自分もいた。

俺は殿下に拾われて本当に幸運だったのだ。ソフィアも……

俺を必要としてくれた殿下からの指示を何としても果たす、その為にオリビア様の事を全力で守ろうと思っていた。しかし現実は甘くはなく、オリビア様は貧民街の男に捕まってしまい、俺も身動きが取れなくなってしまうのだった。

コウダたちの時と同じように助けるべき存在がいながらヘマをしてしまう……全然成長していない自分に愕然とした。

どうにかしてオリビア様を解放しなければ……


そこへ殿下が現れ、オリビア様を解放させた。

住人の気が緩んだ隙に払いのけ「……申し訳ございません……我が主……」と殿下に駆け寄った。オリビア様に自分の立場がバレてしまうが、ここは仕方ない。

「……ゼフ、言い訳はあとで聞く。それよりもこの状況を説明してくれ」

殿下は常に最善を考え、最短の道を選ぼうとする。この人には本当に敵《かな》わないな……殿下に状況を説明し、住人にも話を聞く事が出来た。そして帰り道では殿下が一刻も早くオリビア様と二人きりになりたいのだろう、俺に新たな任務を与え、スタスタと歩いていったのだった。

俺は新たな任務を与えられた事が、事の外嬉しかった。また殿下の元で役に立てる……まだ必要としてもらえる。それだけが自分の価値だと思うから。

ひとまず、この領地に派遣されてきたヤコブ司祭がどんな人物か探るべく、教会へ行くか。

扉は固く閉ざされているので屋根に飛び乗り、2階の窓からあっさり侵入する。2階から誰かが入ってくるとは思わないのか？　そんな事を思いながら物音を立てずに教会内を調べる。

俺が入った部屋はどうやら客室で、誰かが滞在しているようだ。荷物には高級感漂う衣服が詰められていて、明らかに聖職者の衣服だと分かる。ヤコブ司祭を訪ねてきた聖職者……王都から誰かが来ているのかもしれない。

殿下がこちらにいる事を知っているのか？　ひとまずその部屋を出て1階に下りてみる。気配を消すのは得意なので、物音を立てずに応接間のような部屋を探した。

1階は中央に礼拝堂があり、祭壇の右側から奥の通路を行くと修道院に行ける仕組みになっているようだ。

そっちは行く必要はないかもしれないと考え、祭壇の左側にある通路の方を静かに進んだ。案の定、扉がいくつかあり、両開きの大きめの扉の中から何人かの声が聞こえる……

「……ヤコブよ、よくやっているな。公爵家の領地は大層賑わっているようだし、当面は領民も問題なく税を納めてくれるだろう」

「ありがとうございます。ここは本当に活気があります。領民も喜んで納めてくれていますよ。その税が領主ではなく、我々教会に渡っているとは知らずに……」

ヤコブ司祭と司祭より偉そうな人物が喋っている内容が聞こえてきた。誰もいないと思って大声で話しているのだろう……さらに聞き耳を立てて全て聞く事にした。

「……ふふ。王都からの司祭という立場は本当に役立ちます。ここに来たばかりの時に変な男に子供の行方不明について聞かれた時は焦りましたが……」

「それについては絶対に聞かれてはならんぞ。まぁ……その辺に転がっているゴミを処理したところで誰が何を言うわけでもあるまいが……人身売買は我が国で、表向きは禁止されているからな。王族に見つかると厄介だ。王族派の貴族にも気取られてはならん……特にここの領主であるクラレンス公は、陛下と懇意《こんい》であるからな」

「そういえば公爵の娘が今領地に来ているとか……」

その辺に転がっているゴミ……思わず手に力が入る。手の平から血が滲むほど握りしめてしまっていた……

それにしてもヤコブ司祭はオリビア様が来ている事をすでに知っていたのか。さすがに隠し通せる事ではないから仕方ない……姿はバレていないとは思うが。

「……領主の娘か……王太子妃候補でもあるのになぜ今、ここに来る必要があるのか……十分気を付けるがよい」

「はい。今のところ挨拶にも来ていませんし、動きはありませんが……」

「……ふむ……まぁじきにここは司教である私のものになるだろうがな。まだ王都でやる事があって、ここにはたまに顔を出す程度だが……」

「ヴェットーリ司教様が来てくだされば安心です！　領主館を預かる家令も、司教様には口出しは出来ないでしょう」

ここで話されているのは驚くべき事実だった。今はヤコブ司祭がここを預かっているが、次は司教クラスが来るという。司教となれば領主と同じくらいの権限を持てる事は俺でも知っている。

ここに司教が来たら、ロバート様では太刀打ち出来ない。

クラレンス公爵がここに来るしかないが、そうなれば王都の方が……王族派と貴族派のバランスが崩れる。

すぐにでも殿下にこの話を伝えなければ、そう思いこの場をあとにしようとすると「司教様はあとどのくらい滞在いたしますか？」という声が聞こえてきた。

「……そうだな……あと4日ほどで王都に戻るとしよう。その間に港に寄らなければな……」

「子供たちの引き渡しに立ち会われますか？　明日、その船が寄港する予定ですが……」

「……それも悪くないな。挨拶もしておかねばなるまい」

司教の滞在はあと4日……そして明日、港に寄港する船で子供が運ばれていくという情報まで聞く事が出来た。国内の売買ではなく他国へ？　だから足取りが掴めなかったのか？

急いで殿下に知らせなければ……必要な情報はだいたい手に入れたのでそっとその場をあとにし、マナーハウスへ戻ったのだった。

◆◇◆◇◆

殿下の馬に乗せられ、あっという間に私たちはマナーハウスに戻って来た。王太子の馬って本当に早いのね！

そんな事をのんきに考えていると、私たちの到着を待っていたかのようにロバートが飛び出して来て、マリーやソフィアも駆けつけてくれた。

「お嬢様！　お怪我はありませんか!?　申し訳ございません……あの時、何としてもお止めするべきでした！　王太子殿下にも申し訳なく……」

「ロバート、あなたのせいではありません。私が無理を言って行かせてもらったのに、そんなに謝る事はないわ」

ロバートの狼狽《ろうばい》ぶりが可哀想になり、自分が後先考えずに行動した事によってここまで心配をかけてしまうなんて、自分の軽率な行動をちょっと反省しなければ。

「そうだな、今回ばかりは君も反省しなければならない。君に何かあると、心配する者が沢山いるのだから」

そう言って殿下は私の髪をひと掬《すく》いし、自身の口に持っていく。何、この甘々な態度は……顔は笑顔を保ちつつも、寒気が止まらない私だった。

ふと周りを見てみると、マリーやソフィア、ロバートたちが赤くなっているわ……穴があったら入りたい。違う意味で顔に熱が集まってくる。

「お、お嬢様！　無事のお帰りで良かったです～おっしゃってくだされればマリーも一緒に行きましたのに！」

マリーに涙目で訴えられ、ソフィアはその横でうんうんと頷き「わたし……も、行きた……

かった」と言ってくれた。ソフィアが頑張って話してくれているわ。

皆優しいのね……今世ではこんなに周りに大事にされて、心配してくれて、ファミリーって素敵。

そこまで考えて、ふと思いついた。ソフィアはもうファミリーなんだから、お父様に頼んで家族にしてもらえないかしら。

母子ではなく、姉妹……姉妹って素敵よ。お姉さまって呼ばれてみたい。そんな願望が出てくる。今度お父様にお願いしてみましょう。

「ありがとう、マリー、ソフィア。でもさすがに二人は連れて行けなかったわ。何があるか分からなかったし、マリーにはソフィアの事を見ていてほしくて……」

「……やはり危険だと分かっていて、行っていたんだね……」

背後から黒いオーラを漂わせている殿下へ振り向くと、とてつもない笑顔ながら目は全く笑っていない表情に、自分の発言が失言だったと理解したのだった。

「君は放っておくと何をし始めるか分からないから心配だ……というわけで、私もここに留まる事にしたよ」

「……」

殿下の笑顔が怖い……その後、応接間に場所を移して二人になったと同時に散々説教され、最終的に殿下は我が領地に留まる決意を固めてしまったという。

せっかくの自由ライフが……それにこの状況！　ソファは向かい合わせに置いてあるにもかかわらず、わざわざ隣にぴったり座って腰を抱かれているのだ。

私たちとロバート以外いないんだから向かい合って座ればいいじゃない……なぜ⁉

予想外の展開に変な汗が出てくるわ……見た目は10代だけど中身は30代なんだから、きっと脳が疲れやすいのよ……一生懸命離れようとしたけれど、殿下の腕はビクともしない。どういう鍛え方をしているの？

二人とも表面上は笑顔でこの攻防をしているものだから、ロバートがすっかり怯えてしまっている。

「ここに来たのは君に会いに来たのもあるんだけど、君に頼みたい事があって来たんだ」

「……私に？　何でしょう……」

「あと2カ月ほどで建国祭があるのは知っているよね？　そこで君に着てもらいたいドレスのデザインを考えているんだ」

そういえばそうだった。建国祭は国にとってとても大切な行事。いくら私が王太子妃候補を辞めたいと言っても貴族である以上、よほどの理由がない限り出席しなければならない。

2カ月後……建国祭の半年後に聖女が現れる。ちょうど私の誕生日の近くだったはず。

そう考えると今の私の年齢は16歳、殿下は18歳ね。

小説では建国祭の後、初秋に卒業記念パーティーがあって、学園を卒業すると同時に聖女が現れ、二人はいい仲になっていくのよね。

オリビアの誕生日パーティーが開かれる頃には、もう殿下が来てくれないほどに急速に聖女と親密になっていた。

誕生日パーティーもなしでいいから、二人は王都でよろしくやってもらって、私はマナーハウスで皆に祝ってもらおう。そんな事をぼんやり考えていると、殿下が私の膝元に進み出て跪く。

「え？　でん……ヴィル……どうし……」

「……そのドレスを着て、私に建国祭をエスコートさせてほしい。そして一緒にファーストダンスを踊る権利を与えてほしいんだ」

「……」

ファーストダンスって、婚約者なら皆当たり前に踊るものじゃなかった？　小説の中の殿下は嫌々踊っていたはずだけど……ドレスは殿下から贈られたなんて書いてなかったはず。

色々と事情が変わっていて戸惑ってしまうけど、殿下が私の左手を握りながら目の前で懇願してくるので、ドキドキと寒気が止まらない。

当たり前だけどこんな展開は小説には書いてなかった。

きっと元のオリビアだったら全力で喜んでいたでしょうね……今の〝私〟は男性不信も相まって、ドキドキと同時に寒気も襲ってくるから手を振り払いたい衝動に駆られてしまう。

やっぱり一生、誰とも結婚出来そうにないわね。うんざりしてるからいいんだけど。いつまでも目の前の殿下を放置しておくわけにもいかないし、ひとまず断る理由がないので了承する事にした。

「え、えぇ……もちろん踊りますわ。どうしてそんな風におっしゃるのです？」

「……君に対して誠実ではなかった私から、ドレスを贈られるのもダンスの相手をするのも、君にとっては戸惑うだろうと思い……それに君の相手は自分だと、許しを得たかったのかもしれない」

「……」

なんて返せばいいのかしら……確かに全く誠実さの欠片《かけら》もなかったのに、ドレスまで考えてくれて、ダンスのお誘いとかどうしちゃったのって思ったのは否めない。

「……ヴィル、ご心配なさらずとも王太子妃候補としての務めをしっかりと果たしたいと思っておりますわ。ファーストダンスもパートナーとして不足のないよう努力いたしますし、ドレスまで感謝いたします」

出来る限り笑顔でそう答えた。つい殿下って言いそうになってしまう。

するとと殿下は私の手の甲に口付けをして、その手を自身の頬に持っていき、「ありがとう、楽しみだ」と満面の笑みで返してきたのだった。

……殺人的ね……まるでアイドルにプロポーズされているみたい。顔が熱くて殿下から顔を逸《そ》らすしかなかった。こういうところって必ずエフェクトがかかるのがズルいわよね。

特に他意はなく事務的に答えたつもりだったんだけど、予想以上に喜んでいるように見えるのは気のせい？

そして気付いたらロバートの姿がない。いつの間に……なんで出ていっちゃうのよ⁉

その後、殿下は私の横に戻り、私の腰に手を回しながら終始ご機嫌だった。ゼフが帰ってくるまでこの状況は続き、しばらく二人でお茶をする事になったのだった。

ゼフが帰ってきて、殿下に急ぎの報告があるという事で、ようやく私はお役御免となった。

長かった……とっても疲れたわ……この領地に来てからというもの、自然体で過ごしてきたから令嬢として振舞わなくてはならない事にも疲れたし、殿下の前でヘマをしてはと気を張る事にも疲れてしまった。

ここは癒しが必要ね。

自室に戻るとソフィアが私のスカート部分に飛び込んできた。右腕には添え木を付けたままなんだけど、その腕を使ってでも私に抱き着いてきて可愛いったらないわ。

ソフィアをぎゅっと抱きしめ返す……はぁーー癒される。また頑張れるわ！

「長い時間お留守番をさせてしまってごめんね、ソフィア。ただいま」

「お……かえり……なさい」

頑張って話してくれる姿がいじらしい。思わず両手で頬を挟み、むぎゅっと潰してむにゅむにゅしてしまう。ソフィアは何が起こっているのか分からないといった表情で慌てていた。

可愛い……これぞ癒しよ……。

「お嬢様、お疲れ様です！」

そしてすぐにマリーが元気に迎えてくれる。二人と一緒にいる事が私にとって一番落ち着く時間だわ……この時間がないとちょっとしんどいわね。

「ただいま、マリー。ソフィアの事を見ていてくれてありがとう」

「いえ！　殿下はここまでお嬢様に会いに来てくださったのですね～お嬢様への愛を感じます！」

「……」

マリーは本当に悪気もなくニコニコと言ってくれたんだけど……愛、ですって？　あの殿下からオリビアへの愛？　……何度考えても思い当たらない。

今日の殿下の行動は確かに優しかったし思いやりに溢れてはいたけど、所有物がなくなる危機感が募ってきたんじゃないかしら。

私は顔が引きつりそうになりつつも、笑顔を崩さずに会話を続ける。

「二人とゆっくり過ごしたいところだけど、もう少しで夕食の時間ね。帰ってきたのが遅かったから今日は殿下もいる事だし、いつもとはちょっと違った夕食になるかもしれないけど、ソフィアは私の隣に座りましょうね」

そう言うとソフィアは顔を輝かせ「うん」と大きく頷いた。

「ソフィアはとても話す事が上手になってきたわね！」

「そうなのです！　一緒に本を読みながら、それを声に出して読んでみたり……そうすると、どんどんお喋り出来るようになってきたのですよ～」

ソフィアは絵本を持ってきて私に沢山音読してくれた。話せる事が嬉しいのね！　マリーも凄いわ、音読って確かに凄くいい事だしこんなに改善されるなんて感動してしまう。

私は夕食までの時間、ずっとソフィアの音読を堪能し、疲れた心を癒したのだった。

夕食の時間になったのでホールに移動してみたけれど、ゼフとの話が終わらないのか、まだ殿下の姿はなかった。

その方が都合がいいかもしれない。ソフィアはまだ殿下とお話しした事がないし、突然一緒に食事といっても緊張してしまうわよね。いつも通り私の隣にソフィアを座らせて、一緒に食事をとり始める事にした。

ソフィアは本当にパンが好きで、それればかりになってしまいかねないので、私が肉などを切り分けてお皿に盛ってあげる。右腕が使えないから左手で掴んで食べられるように一口サイズにしたり、フォークに刺すだけにしたり……子供のお世話は楽しいわ！

私ってこういう仕事が向いているのかもしれない。

「これも食べてみて」

そう言ってソフィアのお皿に羊のお肉を切り分けて載せてあげた。

ラム肉は美味しいのよね～～ちょっと弾力があるけどヘルシーだし、ソフィアも気に入ってくれるはず！

ソフィアは私の載せたラム肉をパクリとお口に運び、よく噛んで食べてくれた……とっても気に入ってくれたみたいで、もう一口とリクエストされる。

良かった！　そんなやり取りをしていると、気付いたら殿下がやってきた。

「すまない、話が長引いてしまって……」

「お気になさらず。こちらこそ先に食べ進めてしまって申し訳ございません」

私が言い終わらないうちにソフィアとは逆の私の隣に殿下が座った。ゼフからのお話はなんだったんだろう……そんなに長引くような内容だったのかしら。

「ゼフからの話は夕食が終わってから話そう。皆に聞いてもらいたい話でもあるから、お茶を飲みながらでも」

「分かりました。では夕食を済ませてしまいましょう」

殿下と会話しつつソフィアのお世話をする。子育てしてた時みたいね。二人はマイペースで楽しそうに食事する中、私だけが一人であっち向いたりこっち向いたりと大変な夕食になっていた。

（こんなんじゃ食べた気がしないわ……あとで部屋で何か食べよう）

バタバタした夕食が終わり、皆で一息つきながらゼフが来るのを待つ事にした。ソフィアは私の膝に乗り、新しい本を読んでいるのだけど、だんだんと音読に変わり、可愛い声でその本を読み聞かせてくれる。

それにしても難しい本を読んでいるのね……殿下もそう思ったのか、ソフィアに話しかけていた。

「その本の分類はミステリーだな。なかなか難しい本を読んでいるじゃないか。きちんと読めているのが凄いぞ」

子供に対して素直に褒めている姿に驚く。そして褒められたソフィアも驚いて、もじもじしているわ。可愛い……

「もんだい……をといていくのが……すき、なんです……」

「ふーん、なかなか賢いな。５歳でここまで読めるとは……内容を理解しているとしたらなお凄いぞ。これの意味は……」

殿下が突然ソフィアに言葉の意味を教え始め、あれやこれやと教え出した。優秀な人材には目がないのね……ゼフもそうだし、この人にとっては身分など関係ないのかもしれない。

ある意味フェアに見てくれるというのは、上司として優秀って事だわ。

ソフィアもそれに応えるように一生懸命に話しているし、自分の能力を認めてもらえるというのは、子供だろうと大人だろうと嬉しいものなのよね。

「……そうだ。君は凄く優秀だ。教えがいがあるな」

そう言ってソフィアの頭をポンポンしている殿下を意外に感じていると、ホールにゼフが入ってきたのでホール内がピリッとした空気に変わる。

「よし、来たな。じゃあ皆揃ったから、話を始めよう。ゼフがあの後、教会に侵入してきた。そこでは司祭が王都から来たという、ある人物と話し込んでいたらしく……その内容を聞いてきた」

「え!?」

ある人物？　王都から司祭に会いに来る人物って……それにしてもゼフは本当に危険な役目を担っているのね。なんだか領地に行こうとする私なんかの護衛になってもらっちゃって、とても申し訳ない気持ちになるのだった。

「その王都から来ていた、ある人物とは……」

「……司教だ。ヴェットーリ司教と言われていたらしい」

司教？　ヴェットーリ司教だなんてもちろん小説に出てきた事はない。この領地で起こっている事がイレギュラーだから仕方ないんだけど。

司祭よりも上の司教までもが公爵領に来ているだなんて、なぜこうも公爵領に王都からの聖職者が来るのかしら。それにそんな事をお父様がすぐに了承するとは思えないのに、あまりにも強行すぎない？

何やら自分の知らないところで得体の知れない存在に振り回されている感じがして、嫌な予感が頭をかすめていく。

「ヴェットーリ司教という名前には聞き覚えはありませんが……なぜ司教が我が公爵家の領地に……」

「……」

殿下は押し黙ってしまった。それほどにまずい話が出たのかしら……ますます聞くのが怖くなる。

「オリビアは、司祭が勝手に税の徴収をしている話は知っているね？」

「はい。ここに来た時に市場に出て、領民と少し話をしました。パン屋の女性でしたが、教会が税を徴収していて年々重くなっていると。でも公爵家としてはお父様が教会への支援金を増やしたので、領民は教会に税を納めなくていいとしたはずなのです。もちろん帳簿には毎年同じ額が教会には支払われていました。足りないわけはなくて……そのような事を領主に何の話もなく進めているのはどういう事か、教会に行って司祭に聞こうかと思いましたが、まだ私の姿を見せない方が泳がせる意味でもいいのではと思い、そのままに……」

「……うん、その方がいいだろうな。オリビアが領地に来ている事は知っているようだ。しかし姿は見られていないから、動きやすい。すぐにそこまで判断出来るとは、素晴らしいな」

殿下はそう言って微笑みながら私の頭をよしよししてくる……中身はそんな年じゃないので複雑な気分。

「司祭と司教はその話もしていた。そしていつかは分からないが、ここの教会はその司教が預かる事になるという話も出て来た」

「え？　……司教が？　そんな話が本当に進んでいるのですか？　お父様はその事を知って

……」

何かがおかしい。お父様は領地に行くと言った時に領地に問題があるような顔はしていなかったわ。ここに来てどんどん事態が動いているのにお父様が動く気配がないなんて。

何か動けない理由があるのかしら……

「おそらく公爵にはその話は来ていないだろうな。もし公爵に話が来ていたら、まず許可は出さないだろうし、何らかの動きがあるはずだ」

「ではこの話も教会が勝手に進めているのですか⁉　そんな事がまかり通るとは思えません」

どうしてここまで強気に出られるのだろう。もしこんな事が明るみになれば公爵家を敵に回す事になる。それでも何とかなるという位の後ろ盾があるという事？

「……もしくは王都から動けない理由が公爵にあるのかもしれない。その辺は、今の時点では確かめながら動く時間はなさそうなんだ」

「なぜ時間がなさそうなのですか？」

私が素朴な疑問を口にすると、ゼフが説明し始める。

「明日、港に寄港する船に子供を乗せていくという話をしていたんです。そこに司教も立ち会うような話をしていました」

「明日？　それは随分急ね。それに司教までもが人身売買に加担していたのね……残念だわ。

聖職者でありながら、人を救う立場の者が人を売ってお金を得ているだなんて。そんな人が領地にでも来たらどうなるか、想像しただけでも恐ろしい。今司教が領地を訪れている、この機会を逃すのは惜しいわね……」

「はい、現場を押さえれば、領地の教会にやって来る事を阻止出来ます」

それは、確かに……捕まえるなら、とにかく現行犯逮捕じゃないとって事よね。そうでなければ、また犯人扱いしたって騒がれてしまいかねない。今回は人身売買だから、特に現場を押さえる事が重要だわ。

「夕食の前に公爵には人身売買以外の税の徴収などの報告を飛ばしておいた。私からの書状があれば、さすがに教会側も慌てるだろうな……司祭に対して動かざるを得なくなる。ただ人身売買については証拠がない段階だ。いくら公爵と言えども何の証拠もなしに教会に掛け合う事は危険だからね、教会が司祭に対して動きを見せる前にここで行われている人身売買を解決する事に集中したい。これを解決出来れば、教会にとっては大ダメージだ……きっと事態も動いていくはず」

「……そうですわね、それが最善かと思いますわ。お父様へ連絡してくださって感謝いたします。ヴィルからの書状があれば、お父様も動きやすいと思いますわ。その間にここで、その二人の罪を暴いてしまいましょう」

夕食に遅れたのもお父様に連絡してくれていたからなのね。司教はお忍びで来ているのだろうし、お父様が掛け合えるのも領地での司祭の動きだけ。

人身売買はこちらで解決しなくては、真相がまた闇に葬られて止める事が困難になる。

「司教には司祭以上に権力が与えられている。今までは司祭だったから公にせず、こちらに分からないように税の徴収をしていたのだろうが、司教が来れば大々的に徴収し始めるだろう。公爵はそれを許さないだろうが……」

「もしお父様に王都を離れられない理由があって、いざこざを収める為に領地に下がらなければならない事態になると、王都の派閥の力関係が崩れてしまう恐れが……まさかそこが狙い？」

お父様は陛下の腹心だし、最大の王族派の人間が王都から領地に下がったとなれば、貴族派が勢いを増してしまう。

そっか、ただの恋愛小説かと思って読んでいたけど、その裏ではこうした権力争いが起きていたのね。私腹を肥やす貴族派が力を増していけば貧富の差は今以上に開き、民は飢え、国力が下がっていく。

内側から弱ってしまった国は、他国に侵略されやすい国になってしまうわ。

「……そこを狙われている感じもするな。力関係が崩れると、政治の腐敗を招く。今は微妙な力関係で国が保たれているんだ。その為に私と君の……結婚……はとても大事な意味を持つのだが……」

結婚という言葉に照れている殿下がいるようだけど、全力でスルーしましょう。

確かにそう言われればそうなのだけど、その後、聖女が召喚されて他国に侵略されずに済むのよね。でも殿下は聖女がやって来るなんて知らないから、自身の手で最善を尽くしたいと思うのも無理はないかもしれない。

それにお父様の力が弱まれば公爵家自体も危なくなるものね。殿下が言うように何かが公爵家の力を弱めようと動いているような、不気味な力を常に感じる。

小説では私が色々やらかして処刑され、お家取り潰しの結末だった。まさか小説通りに公爵家が潰れるように補正されようとしているの？

さすがに考えすぎかしら……ううん、もしそうだとしても絶対にそうはさせない。この世界にも優しくて素敵な人たちが生きていて、皆が生きる世界を諦めたくはないわ。

ともかく自分に出来る事をやらなければ。

そしてオルビスやテレサたち、子供たちが住みやすい領地にしてあげたい。

「えっと……私の結婚はともかく、そのような輩に我が領地を好きにさせるのはいけませんわね」

私が笑顔でそう言うと、殿下はとても残念そうな顔をしていた。私は見なかったフリをして殿下に笑顔を向け続けたのだった。

私から妙な圧を感じ取った殿下は、一つ咳払いをして話し始める。

「……ゴホンッ……そうだな、オリビアの言う通りだ。教会は聖職者の集まりだが、上にいけばいくほど権力にしがみつき、金の亡者と化す者も増える。下の者は純粋に神に仕えているだけの者がほとんどだとは思うが……ここの司祭も最初は敬虔な聖職者だったと思うけどね。おおかた出世の話をされてヴェットーリ司教に買収されてしまったんだろう。権力に飛びつく者の典型と言うべきか……」

「……」

王太子としての立場上、そういった人たちを沢山見てきたのだろうなと思うと、ちょっぴり殿下の横顔が寂しくも見える。権力を前にして己の信念を貫ける人がどれだけいるか……立場が弱い者は従わざるを得ない場合も多い。

だからこそ貴族や王族は正しい道を選んでいかなければ、そのあおりを受けるのは下の者なんだわ。

「……そうですわね。その権力の影響を受ける弱き者が住みやすい世界にしなければ。もし無事にこの件が解決したら、貧しい子供たちを修道院で面倒を見る事は出来ないかと考えていますの」

「修道院で？」

「……はい。子供たちが人身売買で連れて行かれる心配がなくとも、彼らには住む場所はなく不衛生で、満足に食べ物も食べられない状況は変わりません。公衆浴場は入れるようになりますが、私は根本的な解決をしたいと思っていて……」

自分の考えている事を伝えるとのは勇気がいるものだと思いながら、思い切って話してみる事にした。

「修道院に孤児院としての役割を持たせたいのです。教会や修道院には運営に困らない支援をこちらがしながら、子供たちを保護してもらえたらなと。人手が必要になりますから、働きたい人が貧民街にも領地にも沢山いるでしょうし、労働力不足の解消にもなるんじゃないかと」

「……」

殿下は少し考え始めた。少女の浅知恵だと思われたかしら。実際に公爵家はお金をあり余るくらい持っているのを確認していたので、支援を増やしたり、人件費を出す事は朝飯前だと思う。

「……いずれ貧民街の解消にも繋がっていくかもしれない……か……その為には公爵の了承が必要だな」

「はい。お父様にはこの件が解決したら話をしてみようと思っています」

何をしたいと言っても私にはそれをする権限がない。結局はお父様次第……でもきっと説得してみせるし、大きく反対はしないと思うのだけど。本当は貧民街が解消されたら、あそこに教育機関か医療機関も作りたいと思っていたりして……さすがにこの話は時期尚早よね。

まずは目先の問題よ。

「今はまず、彼らの罪を暴く為の作戦を考えましょう」

「……そうだな。それについては一つ考えがあるのだが、聞いてくれるか？」

殿下には何か考えがあるのね。ひとまず殿下のお話に耳を傾ける事にした。

その日の夜、今日話した内容が濃かったものだから、私の頭はその事でいっぱいで全然眠れない状態だった。いつも一緒のベッドで寝ているソフィアは、特に問題なく隣でぐっすりと眠っているわ。

殿下が話してくれた考えは確かに良い考えだと思う……けど危険が伴うから気が張って寝付けない。

この世界に転生して思うのは、前世とは死生観が全然違うという事。前世では命の危険があるのは病気だったり事故だったり……強盗とか殺人とかもあるけど、誰かから害される危険度は、こちらの世界の方が比べ物にならないくらい高い。

だからなのか、皆今日を生きる事に一生懸命で、小さな子供ですら危険な事でもやろうとする。それだけ生き残るには厳しい世界なんだなと痛感してしまった……そんな世界でのほほんと生きようと思っていた自分が少し恥ずかしくなって、反省しきりだわ。

殿下が示してくれた考えではソフィアにも役目があって、彼女は進んでやろうとした。

当然私は反対したけど、ソフィアは引かなくて……あんなに小さな子供でも生きる為に役割を持つと頑張ろうとするのね。

一向に眠れそうにない私は、少し庭園を散歩をしようとソフィアを起こさないようにベッドから下りた。季節は春になってきているとはいえ少し冷えるわ……温かいショールを羽織っていきましょう。

そういえば、あまり夕食も食べられなかったんだ……あの後緊張してそれどころではなかったものね。そりゃ寝られないはずよ。でも今から何か食べるのも面倒だし、やっぱり庭園で気分転換しましょう。

音を立てないように気を付けて、そっと部屋をあとにした。

今日は晴れていたから、夜空には銀色に輝く月が煌々《こうこう》と光っていて、明かりがなくとも辺りがよく見える。とても美しい月に見惚れていると、庭園に人影が見えた。

まさか曲者……と思ったのは一瞬で、すぐにその人影が高貴な人物である事が分かった。

「……ヴィル……あなたも眠れなかったのですか？」

「……オリビア……そうだな、今日は色々あったから気分を落ちつかせる為に来ていたのだが……君に会えたなら来て良かった」

そう言って笑う殿下は月明かりに照らされて、普段の何割増しかの神々しさだった。小説の王子様って凄いわね……自分が殿下の放つ光によって、砂となってしまったような気分。

眩しさで無になっていた私の元へスッと歩いてきて、手を取り、庭園のベンチに誘っていく。なんてスマートな所作なの。現実の世界にいるとは思えない。

二人でベンチに座り、私たちは明日の事などを話し始めた。

「……今日は色々とすまなかった。ソフィアの事も……」

「ヴィルが謝る事ではありませんわ。私の覚悟が足りなかったのです。あの子が可愛くて笑っていてくれればいいと思っていました。でもそれではダメなのだと気付かせてくれて、むしろ感謝していますわ」

「……」

ソフィアに危険な役目を与えてしまった事を気にしていたのね。それについてはあの子がやりたいと言った事だから、殿下が気にする事ではないんだけど……

殿下がおもむろに私の前髪に手を伸ばしてきたので、何事かと彼の方を見ると、子犬のような表情でこちらを見ている。普段はキリッとしていていかにも王子様といった感じなのに、こういう時はワンコ系になるなんて…なかなかの手強さを感じてしまうわね。

母性本能に働きかけてくるから、そういう表情はやめてほしい。

「そろそろ、もっと気安い話し方をしてほしいんだけど……まだダメ？」

「え……ダ、ダメ……では、ありません……」

あまりにも突然の懇願に否定できなかった私の意気地なし。殿下とは一定の距離を保たなければならないのに、すっかり彼のペースに巻き込まれてしまっている。

ワンコ系は反則よね……こんな姿、書かれていなかったじゃない！　どこでこの処世術を学んでいるのかしら。

そんな事を悶々と考えていると、私の話し方が直っていなかった為に言い直しをさせられるのだった。

「もう一度」

「ダメ……じゃないわ」

リピートって事ね、と理解して次は気安い話し方をしてみる。すると殿下はすっかり気をよくして柔らかい笑顔になった。

「上出来だ」

頭を右手でわしゃわしゃされ、すっかりトップはぐしゃぐしゃになってしまう。でもヴィルのあまりに無邪気な笑顔に悪い気持ちにはならなかった。

むしろ話しやすくなってこちらとしては助かるかもしれない。お嬢様の口調って本当に大変だから、気を張って疲れてしまうのよね。結婚は無理だけど友達にはなれそう？

距離が縮まる事がちょっぴり嬉しい自分の気持ちを誤魔化《ごまか》すように、そんな事を漠然と考えていたのだった。

「……ソフィアも……あの子なりに役に立ちたいと考えているのね」

「そうだな。少し話しただけだが、とても賢いように見えるし子供の成長は早い。我々が思っている以上に色んな事を観察している」

そう言えばヴィルには小さな弟がいると、小説で少しだけ書かれていたわね。こちらの世界に転生して間もないし、見た事がないから弟がいる実感がないのだけど、自分の弟と重ねているのかしら。

確か仲が良かったはず。

「ヴィルは今回の件で、教会がとても積極的に動いているのは公爵家の力を落とす為、だと思う？」

「……そうだな……それも中からじわじわと削ぎ落としていこうとしている感じがするから、

質《たち》が悪い。表立って騒いでくれたら戦えるのにこちらに分からないように動いている」

「やっぱりそう思うのね……でもどうして公爵家が狙われているのかが分からないわ」

「……おそらく私と君の婚約がとても都合が悪い輩がいるのだろうと思う。しかし今さら解消したからといって、教会の動きが収まるかどうか……むしろ公爵家の影響力が落ちて潰されるだけではないかと思う。今回で聖ジェノヴァ教会の者が人身売買の大罪を犯したと大々的に出れば、少しは大人しくなりクラレンス公爵も動きやすくなるだろう。私は彼に確かめたい事があるんだ……私の考えが正しければ……」

「お父様に？」

「……ああ、その時は君にもその場にいてもらいたい。君にとっても重要な話になると思うから」

ヴィルは何かを察しているのね。私もお父様に聞きたい事が沢山ある。今すぐにでも聞きたいけど、ひとまず明日の作戦を成功させなければ何も始められない事は分かったから。

「一つ言えるのは、公爵は常に君の事を考えて動いているという事だ。彼に動きがないのもその為なんだと思う。地位や権力などにしがみつく人ではないからな……公爵家を守りたいのも君の為だろうし」

「私の為……それならなおさら、この件を解決しなければならないって事ね。お父様の為にも」

「……そうだな……そろそろ戻ろう。明日は早いし、風邪を引いては大変だ。領地に来てかなり体調が良さそうだが、油断してはいけないから」

ヴィルにそう言われて、ハッと気づく。そういえば小説の中のオリビアはあまり体が強くない。度々体調を崩していたし、私が転生したのも6日間寝込んだ後だったわけで……領地に来て少し微熱は出たけど、とても体調が良いから忘れていた。

「そうね、明日に備えてもう寝た方がいいわね。ありがとう」

私がそう言うとヴィルは私の手を取り、部屋の前まで送ってくれた。色々と話せたおかげで気持ちが軽くなった気がする。ひとまず今夜は寝ようとベッドに潜り込み、あっという間に眠りに落ちていった。

翌日、太陽の光が眩しくなってきた頃に自然と目覚めると、ソフィアはまだ隣で寝息を立てて寝ている。

寝転がりながらソフィアを眺めていると、目が覚めたのか徐々に目が開いていき……寝ぼけていてボーっとしているので、頬を撫でながら「おはよう、ソフィア」と挨拶した。

「おはよう……」

まるで前世に戻ったかのような光景だわ。一瞬末っ子の姿が重なって見えてしまう。自分の原動力が常に子供である事にあらためて気付かされ、この世界に生きる子供たちの為にしっかりと頑張らなくてはと思えたのだった。

眠い目をこすりながら目覚めるソフィアは、ヴィルの作戦を聞いてもしっかりとぐっすり眠れたようで、大物な感じがするわ。二人でおもむろに起き上がり、マリーに着替えを手伝ってもらった後、皆で軽めの朝食を済ませた。

朝食後にお茶を飲んで少し寛《くつろ》いでいると「オリビアにやってもらいたい事があるんだ」とヴィルに頼まれ事をされる。

「ここで色々とするならば公爵の許可が必要になる。しかしその度に許可を取っている時間はないから委任してもらえれば早いと思ってね。領地での決定権をオリビアに託してもらえるように書状を飛ばしてほしいんだ。私が頼んでもよかったのだが……なるべく公爵領での権利譲渡については公爵家でやり取りした方がいいと思ってね」

なるほど。確かに今お父様がここにいない状態で事を進めても様々な決定権はお父様にあるし、むしろ私たちの方が勝手に動いているという事になりかねない。お父様が私に決定権を委任してくれる委任状があれば、私が領地で決定を下せるという事ね。

「それは大切な事ね、すぐに書状を書いて飛ばすわ」

私は手短に書状を書いて、伝書鳩を飛ばした。お父様の委任状を持って伝書鳩が帰ってきたのは、それから2時間ほど経ってからだった。

6章　決行の時

無事に伝書鳩が委任状を持って帰ってきてくれたから、これで動けるわね。

まずは私とロバートとマリーやソフィア、オルビスたち皆で領地に出て、領民から教会に納めている税の納税証を集める事にした。

一つ一つの家屋や店を回るのは一苦労だったし、皆きっちり保管しているわけじゃなくて、教会側も納税証がほしい人にしか渡していないから借りるのに時間がかかったけど、なんとか夕方になる前に、ほとんどの商店や住宅から集める事が出来た。

ついでに今までは教会が勝手に徴収していただけで、これからは払わなくていいという話も領民に伝えた。

その際にお父様の委任状を見せて話すと、教会に対する怒りが収まらない領民たちは、教会に物申しに行くと言い始めたのだ。

そこに一気に押し寄せると今日の作戦が台無しになってしまうので、一旦マナーハウスに集まってもらう事にしたのだった。

「あたしらが汗水流して働いて納めた税を勝手に徴収したばかりか、自分たちの肥やしにしていたなんて！」

前に訪れたパン屋の女主人なんかは、一生懸命公爵領の為に払っていたのに教会の懐に入ってしまっていた事に憤慨して、宥めるのが大変だった……

「怒るのも無理はないわ……私たちが気付くのが遅れてしまって、本当にごめんなさい。ヤコブ司祭はこれからマナーハウスに呼んで話をつけようと思っているの。あなたも来てくれると嬉しいわ」

「もちろんですよ！　一言言ってやらないと気が済まないね……そんなヤツ、とっとと追い払っちまえばいいんですよ！」

私は苦笑いするしかなかった。本当にもっと早く気付いてあげていれば……悔やんでいても仕方ないわね。気持ちを切り替えてやるべき事をしていかなくては。

そうしてマナーハウスのエントランスには多くの領民が集まり、マリーや屋敷の皆に領民を任せて、私とロバートとソフィアはお父様の委任状を持って教会に向かったのだった。

その日も固く閉ざされた教会の扉は全く開く気配がない。これでは中で何が行われているか、全く分からないわね。これだけ領地が騒がしくなっていても教会の人間は誰も気付いている感じはない。

そしてロバートとソフィアを教会前に待機させて、私は教会の裏側に回り、草むらに隠れていたヴィルにそっと近づいた。

「……そっちはどう？」

「こちらは動きはなしだ。昨日の夜から教会の裏にずっと荷馬車は止まっている。おそらくそれに乗せて行く為の荷馬車だと思うのだが……そしてこの窓から子供たちが見えるだろう？あの子たちが運ばれていく子供だろうな」

全部で3人……服装を見ても皆貧民街の子供たちね……

「じゃあ、いよいよね。ソフィアに伝えてくるわ」

「……ああ、頼む」

私はヴィルの元をあとにし、ロバートとソフィアのところに戻ると、状況を伝えてソフィアには気を付けてね、とハグをした。

昨夜ヴィルが話してくれた考えはソフィアを教会に潜入させる、というものだった——

「子供を売っている教会に子供が助けを求めてきたら、必ず教会内に招き入れてくれるだろう。ソフィアには一時的に囮《おとり》になってもらいたいんだ……」

「そんな事させられないわ！　危険すぎて……」

私はもちろん大反対したのだけど、ソフィアだ私の袖を引っ張り「わたし、出来るよ」と言い始める。

「ダメよ……何があるか分からないのよ!?」

私は動揺して、半分ヒステリックになっていたと思う。私よりも彼女の方が冷静だった。

「だいじょうぶ、きっと変な事はされない、と思う……それに、オリビアさまのお役に立ちたい……」

「……すまない、ソフィア……教会は子供には利用価値があると言っているから、教会で危険な目にあう事はないとは思う」

「でも港に着いたら……！」

港に着いたら何が起こるか分からない。それなのに教会に潜入させて囮にするなんて……

「いや、違うんだ。港まで乗せていくが、そのまま乗せるわけではない。教会から荷馬車に乗せるところを私とゼフで御者を押さえる。王都からの司教があのような荷馬車に乗る事はないから、司教は先に港に行っているだろうと見込み、荷馬車を押さえる事にした」

「……」

な、なるほど……冷静に説明されると自分の狼狽ぶりが恥ずかしくなってきた。

「港までの道のりはゼフが御者に代わり荷馬車を引いて行く、というのが私の考えなんだ。この近くの港ならアストリッド港だとは思うが……その辺は押さえた御者に聞けばいいからな。ソフィアには先に捕まっている子供たちにその事を伝えてほしい。我々が突然やってきて、御者らを倒し始めたら子供たちをさらに怖がらせて混乱させてしまうからね。ゼフはその日、一日中教会内に潜入するからソフィアの事はゼフが見ていてくれる。オリビアには納得しがたいとは思うけど……」

「……ソフィアは、もう決めたの？」

「……うん。わたし、頑張りたい」

私は彼女の目から、今まで見た事のない強い意思を感じてしまう。

「……そう……分かったわ。その作戦でいきましょう」

こんなにやる気を出しているソフィアを初めて見るのもあって、私は根負けしてしまった。一時的に教会に捕まってもらうだけだとしても何があるか分からないと思うと、ソフィアを失う恐怖が襲ってきてしまう。

でも、彼女が初めて見せた決意を無駄にしてはいけないのよね。

ソフィアは皆の事を信じているから潜入しようと思ったんだろうし、私も皆を信じるしかない。これが子供が成長するって事……ちょっと状況がハードでどう判断すればいいか困るところだけど。

「何かあればすぐに助けを呼ぶのよ。私たちが必ず駆けつけるから」

そう言ってソフィアを抱きしめて、彼女の温もりを確認するのだった。


あの時感じた彼女の強い意志はずっと変わる事はなく、今も一人で教会の前に堂々と立っているソフィア。その様子をロバートと教会の陰に隠れながら見守っている。

そしてソフィアは教会の扉をドンドンと叩いた……すると教会の扉が少し開かれていく。領地に来てから教会の扉が開くのを見たのは初めてだわ。

「あれがヤコブ司祭です」

隣でこっそりロバートが解説してくれる。あの大柄な中年男性がヤコブ司祭……見た目は普通の聖職者って感じね。特に偉そうな感じもしないし、見た目だけなら人が良さそうな感じ。

「我が教会に何か御用ですかな？」

「……っおなかが空いて……うごけ……なくて……おねがい、します……なにか食べる物を……」

この時の為にソフィアにはボロボロの服を着せていた。迫真の演技だわ……泣きながら（もちろん嘘泣きだけど）司祭に対して物乞いの演技をしているソフィアに目を見張る。

「……おお、それは大変だ……神は迷える子羊を見捨てたりしません。さあ、こちらにお入りなさい……」

……何が迷える子羊を見捨てたりしません、よ……散々見捨ててきたじゃないって乗り込みそうになってしまう。

いけないわ、落ち着こう。ソフィアがヤコブ司祭と共に扉の中に消えていく……扉が閉じそうになると同時に私とロバートはすぐに教会の陰から出てきて、教会の扉を叩いた。


――ドンドン――


するとさっき中に入ったばかりのヤコブ司祭が顔を覗かせてきた。さぁ、オリビア、対峙の時よ――

「突然失礼いたしますわ。私はクラレンス公爵家のオリビア・クラレンスと申します。司祭様とお会いするのは初めてですわね」

「あ……あなた様がクラレンス公爵家の……お初にお目にかかります。私は聖ジェノヴァ教会の司祭でヤコブと申します。以後お見知りおきを……」

そんなのとっくに知っているわ。随分恭しい挨拶ね……とにかくこのヤコブ司祭をここからマナー・ハウスに連れて行かなければ。

「ご挨拶が遅くなってしまって、こちらこそ申し訳ない気持ちですわ。折り入ってヤコブ司祭にお聞きしたい事がありますの。お父様からの重要なお話になりますから、一度マナーハウスの方に来ていただけません？　ここではちょっと……」

「はぁ……しかし私には本日やらねばならない務めがありまして……いつお伺い出来るか」

「そう……残念だわ。ヤコブ司祭にとっては有意義なお話になると、お父様からは聞いておりますのに。明日になるとそれもどうなるか……急いで伝えてくれと言われてきましたので」

そう言ってチラリと司祭を見ると、やはり〝公爵家からの有意義な話〟というのが魅力的だったようで、尻尾を振ってついて行くと言い始めた。ヴィルの言う通り、本当に権力に弱い人間なのね……なんてあっさり乗っかってくれるのかしら。

司祭はすぐに行くと言って身支度をした後、教会から勇んで飛び出してきた。

「さぁ準備は出来ました。マナーハウスに行って公爵のお話を伺いましょう」

「今日のお勤めはよろしかったのですか？」

「あぁ、そのような事は私の勘違いだったようですな。今日はたっぷりお時間を取れそうです
……」

「そう……お時間がたっぷりおありになるのね。それは楽しみだわ」

そう言って私は司祭にニッコリ笑った。ヤコブ司祭も何を考えているのか、ニタニタ笑っている。きっと儲け話だと思って笑っているのね……そんなわけないのに。

ロバートは司祭の隣を歩きながら、マナーハウスまで案内してくれた。私は二人の少し後ろを歩いて行く。３人ともマナーハウスに着いて、ロバートは司祭を応接間に連れて行きながら
「必要な書類を用意いたしますので、こちらでお待ちください」とソファへ誘った。

私は二人のやり取りを応接間の外から見届け、ロバートに目配せをしてマナーハウスをあとにしたのだった。

そう、ヤコブ司祭はマナーハウスから教会に帰る事は出来ない。軟禁状態に近い形になるけど、ロバートが上手くやってくれるでしょう。マナーハウスには領民も潜んでいる事ですし……どういった話し合いになるか楽しみね。

ロバートには予めお父様の委任状と私の同意書を渡してある。司祭に何か言われれば、私の同意のもとだと言えるように。

その間に子供たちの方を解決しなくては――

「ヴィル、ヤコブ司祭をマナーハウスに連れて行く事が出来たわ」

「そうか……お疲れ様。大変だっただろう？」

「……全然。あまりに簡単にうまい話に飛びつくからびっくりしちゃったわ。こちらはまだ動

きにないようね……」

教会の裏側にある窓を覗き見ると、捕まっている子供たちとソフィアの姿が見える。上手く入り込めたのね。特に何かされている感じもないし、良かった……ソフィアは私を見つけて手を振っている。

こんな時なのになかなかの大物ぶりね！　私も控えめに手を振り返すと、隣にいる男の子が私に気付いて、ソフィアに何か話しかけているわ。

同じ年ごろの子供たちとも交流出来るようになったのね。そんな成長を感じている場合じゃないんだけど、成長を感じずにはいられない。

そんな事を考えていると、ソフィアや子供たちが目隠しをされ、手を縛られ始めた。これは……

「……そろそろだな」

「……そうね……」

いよいよ動きがありそうね。緊張するけど、しっかりやらなければ。

「君はマナーハウスの方に帰っていてくれ。ここからは危険だ……」

「……ダメよ、その指示は聞けないわ。ソフィアだって頑張っているんだもの、絶対に見届けなければ。すぐに駆けつけるって約束したのよ。あなたの邪魔にならないようにするから……」

「……邪魔などではないよ、心配なだけさ。分かった、君の事は私が守るから。危ないから私より前には出ないでほしい、いいね」

私はヴィルの目を見ながら頷いた。それと同時に中では子供たちも連行されていく……教会裏の荷馬車の近くには大きなコンテナが積まれていて、そのコンテナに入れて連れて行く気？　なんて用意周到なんだろう……ヴィルはひと言「行ってくる」と言うと、コンテナに子供を入れようとした人物たちに向かっていった。

7章　港の管轄

コンテナに子供を入れて運び出そうとしていた人物は二名で、ヴィルはあっという間に二人とも気絶させていた。王太子ってやっぱり剣術や体術なんかを鍛えているのね。貧民街でのゼフの動きも凄かったけど、ヴィルも負けていなかったとは。

そして荷馬車の御者はゼフがすでに押さえていたという……こちらも超人的ね。

御者の方はヴィルが聞きたい事があったようで、気絶させずにゼフが縛って捕らえている。

子供たちは皆私が保護し、ヴィルと御者のやり取りを見守っていた。

「この子供たちはどこに運ぶつもりだった？」

「……」

当然の事ながらすぐには答えてくれない……黙秘《もくひ》って事ね。するとヴィルが御者のフードをはぎ取ると、御者だと思っていた人物は聖職者だった。まさかと思い、ヴィルに倒されて縄で縛られている二名のフードもはぎ取ると、その二名も聖職者だったのだ。

「皆聖職者か……ここまで教会が腐っているとはな……仕方ない。始末するか」

「え!?　ちょっ……ヴィルそれは……」

ヴィルの言葉を聞いて私の方が動揺していると、ゼフが首元にナイフを突きつけている。すると御者は焦ってべらべらと喋り始めた。

「あ……わぁぁ喋ります！　お許しください……アストリッド港です！　あそこに今日貨物船がやってくるので、それに乗せる予定で……」

「……そうか。人を売る事は出来ても殺し合いは恐ろしいのか。やはりアストリッド港……」

フリだったのね……始末するとか言うから、子供たちの前だし本当にするのかとびっくりしてしまったわ。やっぱりこういうのは、全然慣れない。

「よし、お前は荷馬車をそのままアストリッド港まで動かせ。ゼフも隣に乗るから逃げられると思うなよ。他の二人は置いていく」

ここからは荷馬車に乗ってアストリッド港に行くのね……私とヴィルは気絶している二名のフード付き外套《がいとう》を奪って着込んだ。顔を隠すのにちょうどいいわ。そんな事をしていると、先ほどソフィアと話していたと思われる男の子が話しかけてきたのだった。

「ねえ、お姉さん。さっきソフィアから聞いたけど、俺たちも一緒に行くの？」

「え、ええ、そうしてくれると嬉しいわ」

「よっしゃ！　じゃあコンテナに入っておくよ」

「パウロ……遊びじゃない……よ」

その男の子はあまりにはしゃぐので、ソフィアに窘められている。いつの間にか名前で呼ぶ仲になっているとは、あの部屋にいる時に色々と打ち解けたのかしら。

ソフィアより年上（8歳くらい？）に見えるこの男の子は、今の状況をあまり怖いと思っていなさそうね。むしろやる気満々のような……

「俺の仲間が沢山いなくなってんだ。絶対捕まえてやりてぇから協力するんだからな！」

「……もしかして、わざと捕まっていたの？」

私は素朴な疑問をぶつけてみた。

「他のメンバーは分からないけど、俺はそうだよ。連れて行かれた場所で大暴れしてやろうと思ってた。どうせあそこにいても大人まで生きていられるか分からないし……これ以上友達が減っていくのは我慢ならねぇ！」

私は男の子の言葉に驚いて固まってしまうのだった。まさか子供が、決死の覚悟で一人で潜入していたなんて――

「ははっお前、なかなか気概があるじゃないか……気に入った。ゼフに弟子入りしろ」

「勝手に俺の人生を決めるな！」

「と、とにかく港に向かいましょう！」

モタモタしていたら船が出てしまうかもしれない。そう思って荷馬車に積んだコンテナに子供たちに入ってもらって、私とヴィルも乗り込むと、荷馬車はゆっくりと進み始める。

途中の領地入口での検問では、御者が通行証を持っていて無事に通過し、荷馬車は海沿いを走りながらアストリッド港へ向けて進んで行った。ゼフが隣にぴったりとくっついていたから御者は大人しく従ってくれている。

「やはり行き先はアストリッド港だったか……そうなると……」

「売られる先って、やっぱり他国なのね。そうだとしてもどの国に売られているのかしら……」

「あそこの港は大きいから、多方面にわたって行き来出来る。今まで取引していた場所を特定するのは困難だな……でも今回に限っては乗せられる船は特定出来る。それだけでも分かれば大きな収穫だ。ついでにその船の船員も捕らえる事が出来れば、なお良いんだけどね……」

確かに、それが出来れば、かなりの情報を入手出来るかもしれない。

辺りはすっかり日が沈み、夜になっていた。納税証明書を領民から集めた時点で夕方に近かったし、そりゃもう夜になるわよね。

「マナーハウスの方は大丈夫かしら……」

「そっちの方は大丈夫だろう。例え何かあったとしても、公爵に私から伝えた時点で、ヤコブ司祭はこの領地にはいられなくなるだろうから」

それもそうね……ひとまず荷馬車を運び出す時間が稼げたし、成功したのよね。荷馬車はようやくアストリッド港の入口に着き、通行証を見せて入っていく——

「……あそこの船に乗せて行くんです……」

御者は黒いバルク船のような貨物船を指さしていた。

随分大きな貨物船ね……よく見るとその船には隣国のマークが刻まれていた。あれは見た事があるわ。多分元のオリビアの知識だと思うけど……

「あの船のマークはドルレアン国じゃない？　好戦的な国よ……そこに売られているって事は……」

「行き着く先は奴隷にされるか、戦が絶えない国だからな……戦いの駒として育てられ、使い捨てられるか……」

信じられない現実を目の当たりにして、絶句してしまう。今まで売られていった子供たちはどんな運命を辿ったのだろう。目の前の光景に信じられない気持ちでいると、何人かの聖職者がゆっくりとこちらの荷馬車に歩いてくるのが見えたのだった。

「……誰か来たわ……我が国の教会の衣装を着ている人物が……あれはもしかして……」

先頭を歩いている聖職者が、いかにも高級そうな衣服を着ていて一番高位なのだと感じる。ヴェットーリ司教かしら……

黒いドルレアン国の船から下りてきた乗員と話し始めたその高位聖職者は、荷馬車が近づいてくるのを指さしながら笑っている。ドルレアン国の船員の外套には胸に国のマークが刺繍《ししゅう》されていて、フードを被っているからか顔はよく見えない。

荷馬車はゆっくりと聖職者と船員の元に近づき、止まった。

「ようやっと着いたか……待ちくたびれたぞ。早く荷物を渡さないか。船が出港してしまう」

「はっ申し訳ございません。ただいま下ろします」

御者になりきったゼフと本物の御者が二人で荷下ろしし、私とヴィルは荷馬車の奥で息を潜めている……夜だからか、全然見えていないようね。

「これで全部か？　今回は……」

「4つです」

「おお、そうか……　〝4つ〟らしいですな。中身を確認しましょう」

ヴェットーリ司教と思われる人物がそう言うと、船員は蓋を開け、子供が入っている事を確認する。

「確かに確認しました。我が主もお喜びになるでしょう」

船員がそう言って懐から報酬のような袋を取り出し、司教に渡す……その時を待っていたとばかりにヴィルが荷馬車から下りて言った。

「……随分悪い事をしているじゃないか、ヴェットーリ司教」

司教は何が起こったか分からず、目を見開いていた。そしてその人物を見て、さらに目がこぼれ落ちるのではと思えるくらい見開いたのだった。

「あ、あ、あなた様は……なぜここに……」

「私が誰かは分かっているようだな。聖職者たる者が違法な金銭授受か？　それとも……人身売買か？」

ヴィルがそう言うと、コンテナの中からパウロが飛び出してきた。

「おっさん、俺たちをどこに売ろうとしてた⁉」

「な、なんだこいつはっ！」

「我が公爵領で随分好き勝手してくれているのね……ヴェットーリ司教？」

荷馬車から下りて、司教に詰め寄る。ここにいるはずのない人物が次々と出てきて司教は目を白黒させている。そんな私たちのやり取りを見て、まずいと感じたのかドルレアン国の船員はそっと逃げようとしていた――

「ゼフ！」

ヴィルからの合図で、すかさずゼフが船員を押さえる。動きが早すぎよ……ゼフが無敵に見えるわ。パウロがそんなゼフを見て目を輝かせているのは見なかった事にしよう――

「まぁいい。金銭を受け取った現場は押さえた。司教からはじっくり話を聞く事にしよう。王都の牢獄になるだろうがな。私は公爵領の教会からこの荷馬車に乗って来ている。言い逃れが出来るとは思わない事だ」

「……くっ」

もう逃げ場がないと思ったのか、司教は走って逃げようと試み、一緒に来ていた聖職者二名も逃げようと全力で走り始めた。

しまった、と思って追いかけようとした時、司教たちの動きが止まって立ち尽くしている姿が目に入ってくる。

私は何事かと辺りを見回すと、いつの間にか港には多くの衛兵が並んでいて、逃げようとした聖職者たちはあっという間に捕まってしまったのだった。

どういう事？　なぜこんなに衛兵が……その衛兵の中から貴族風の男性が歩いてくる。

「……こんばんは、皆さま。お怪我はありませんか？　全く……人使いが荒い王太子殿下のおかげで、寝ないで警備に当たらなければならないとは……」

「……ニコライ、すまなかったな。助かった……」

ニコライ様!?　確かニコライ様は生徒会副会長で、辺境伯令息、ヴィルの側近よね。小説でも出てきたから知っているけど、実物は初めて見たわ。

なぜニコライ様がここに……

「昨夜、殿下からご連絡がありましてね、国中の港の警備を徹底しろと。特に公爵領たら近いこの港の衛兵を増やせという指示がありましたので。ここは辺境伯であるウィッドヴェンスキー家の管轄ですから」

そう言ってニコライ様はニコニコ笑っている。でも目が全然笑っていないところに、ヴィルのお願いがとても無茶ぶりだった事が窺える。そうだったのね……その話は聞いていなかったけど、昨夜のうちに2人が話し合って手を回しておいてくれたんだ。ニコライ様には申し訳ないけど、とても助かったわ。

「ニコライ卿、感謝します。大変助かりましたわ」

「礼には及びませんよ。あの殿下のしおらしく謝罪する姿が見られたので」

「……うるさい……」

ヴィルとニコライ様って、本当に仲良しなのね。彼が照れてふくれっ面をしているのを初めて見たわ。

私たちがそんなやり取りをしていると、周りでは御者や聖職者たちは衛兵に捕まっていき、護送されていこうとしていた。ゼフがドルレアン国の船員も引き渡したので、全員まとめて王都に護送される事になる。

「父上に頼むのも大変だったんですよ、本当に人使いが荒い……入口の通行証を見た衛兵から公爵領からの荷馬車が到着したと通達があり、すでに周りは固めていましたので彼らに逃げ場はありませんでしたけどね」

「さすがに仕事が早い。ウィッドヴェンスキー卿にも礼に伺わなければならないな」

ニコライ様のお父様……辺境伯で寡黙《かもく》な方だからあまり社交界には顔を出さないし、王都にもいらっしゃる事は少ないと読んだ事があるけど、素晴らしい軍と力をお持ちなのよね。

「しかし、ドルレアン国と取引をしていたとは……これは大変な騒ぎになりそうですね」

「……ああ、そうだな……人身売買でも相当な騒ぎになりそうなのに、よりによって……」

「？」

ドルレアン国と何か因縁でもあるのかしら……私がそれを聞こうとした時、ソフィアがコンテナから出てきて、私に抱き着いてきた。

「ソフィア！　気付くのが遅れてごめんなさい！　もう終わったわ……」

「……よかった……お家にかえりたい」

「そう、よね……一緒に帰りましょう」

私がそう言うとソフィアが顔を上げて、笑顔で頷いた。二名の子供もコンテナから出してあげると、皆パウロに抱き着いて無事を喜び合っている。

「ふふっ、パウロって人気あるのね」

「当たり前だろ！　俺が男前だからな」

どっかの誰かさんみたいな口調ね……その誰かさんはニコライ様と話し込んでいる。ようやく話が終わったのかこちらに戻ってきたので、皆で公爵領に帰る事になったのだった。

ニコライ様が馬車で送ってくれると言ってくれたのだけど、ちょっと目立ちそうだから遠慮して、皆で荷馬車で帰る事にした。ニコライ様は王太子殿下が荷馬車に乗っている姿に最後まで肩を揺らして笑っていて、ヴィルが恥ずかしそうにしている姿に私も笑いをこらえる事が出来なかった。

御者はゼフが務めてくれたので、荷馬車の中は子供たちと私とヴィルになり、子供たちは色々と解放されて、帰りの荷馬車では大はしゃぎしていたのだった。

あの後、衛兵に連れて行かれたヴェットーリ司教たちは、罪人を運ぶ為の厳重な作りの馬車に乗せられ、王都に連行されて行った。

ヴィルはニコライ様にからかわれてご機嫌斜めの顔をしながら私の隣に座り、ソフィアはヴィルとは逆の私の隣に座っている。目の前にはパウロたちが座り、子供たちはとても元気で楽しそうだわ。行きは緊張していたものね。

「ようやく帰れるわね……ニコライ卿にはいつの間に連絡していたの？」

「……公爵に連絡した時にね……港を使っているとなると、ニコライの力が必要になると思ったから連絡をしておいたんだ。それにウィットヴェンスキー家としても港で好きにやられていたというのは許しがたい事実だからね。ウィットヴェンスキー卿も教会に対して強く出てくるだろうな」

今回の事で色々な事が動き出すのかもしれない。人身売買が明るみになった事で、共謀していたヤコブ司祭はいずれ連行されていくだろう。

聖ジェノヴァ教会の者が領地からいなくなれば、オルビスやテレサたちも安心して暮らせるようになっていくわ。

ロバートは今回のヤコブ司祭の件はぜひ自分にさせてほしいと懇願してきたので、彼に全て任せる事にしたのよね。きっとマナーハウスの方で頑張ってくれていると信じて。

「そこまで考えて動いていたのね。凄いわ……」

「……惚れ直したか？」

そう言ってドヤ顔をして見せるところは相変わらずね。私は引いている顔を出来るだけ悟られないように笑顔を作る。

「さあ……どうでしょうか」

「……っ」

ヴィルが衝撃を受けている。同意を得られなくてショックという顔が面白いわ。ニコライ様の気持ちがちょっと分かった気がする。この人は意外とイジりがいのある人かもしれない。

「凄いなって、尊敬はしているわよ」

笑顔でそう言うと、苦笑いをしながら「今はそれでいい」と頭をポンとしてきたのだった。

そして荷馬車は無事に領地に入り、貧民街の入口に近づくとオルビスとテレサが走ってくる姿が目に入ってくる。心配して待っていてくれたのね、貧民街の住人も沢山いるわ。

二人が走ってくる姿を見て、パウロたちは荷馬車から飛び下りて全力で走って行った。オルビスとテレサは子供たちと抱き合い、住人も駆け寄って無事を確かめ合っている。

「お嬢様も殿下もご無事で！　子供たちも無事に送り届けてくださって、感謝します！」

オルビスは心底ホッとしたような顔をしているわ。テレサも嬉しそう。

「無事に送り届けるって約束してたんだから、そんなペコペコすんなよオルビス！　……でもよかった……」

テレサの相変わらずな態度も微笑ましく感じるわね。ヤコブ司祭の事を聞いておきたかったので、私とヴィルとソフィアも荷馬車から下りる事にした。

「ヤコブ司祭の方はどうなったか教えてくれる？」

「はい。ヤコブ司祭の方はロバート様が頑張ってくださいまして……領民も勝手に税を巻き上げられている事を知り、ロバート様と一緒にいた司祭に怒りをぶつけていました。この件に関しては公爵様からの委任状を持つオリビア様の一存で、王都の教会に戻ってもらうようロバート様は突き付けたのですが……話の最中にどうやら王都の教会から戻ってくるようにという書状が届いたようで……」

王都から？　ヴェットーリ司教は先ほど逮捕されたばかりだから、時間的にも合わない。お父様が動いたのかしら――

「私が公爵に連絡した事が活きたな。教会がすぐに動いたとは」

……自分の手柄とばかりに得意げなヴィル……でもお礼は言っておかなければ。

「ありがとう、ございます……」

私が引きつりながらもお礼を言うと耳元で「やはり惚れ直したな」と得意げに言ってくる。

「……もう！　そんなわけっ」

耳は本当に止めてもらいたい。ははっと笑いながらご機嫌なヴィルの横で、ソフィアがパウロたちと別れを惜しんでいたのだった。

「またな、ソフィア！」

「……またね、パウロ。皆遊びに来てね」

子供たちのやり取りが可愛い……

「そうね、マナーハウスに遊びに来たらいいわ！　テレサもオルビスも来てちょうだい。ロバートも喜ぶわよ！」

二人はびっくりしている様子だったけど、私が引かないものだから2日後に来てくれる事になった。領地にはもう聖ジェノヴァ教会の者はいなくなったけど、やらなきゃいけない事がまだあるものね。

二人に話したい事もあるし……

そんなやり取りをして、私とヴィルとソフィアはまた荷馬車に乗り込み、マナーハウスに戻って行ったのだった。

8章　思いがけない訪問者

マナーハウスの門に着くと、ロバートが心配してくれていたのか慌てて出迎えてくれた。

「お嬢様！　王太子殿下、ソフィアも皆ご無事で何よりです……！」

少し疲れた表情をしているけど、司祭の方が上手くいったからか、ロバートの顔はすっきりして見えた。

「ただいま！　ロバートも大変だったでしょう？　オルビスやテレサから聞いているわ。頑張ったわね……ヤコブ司祭は慌てて王都に向かったようだけど」

「はい、突然王都からの使者が来まして。呼び戻されたようですが、お嬢様が何か対策をしていらっしゃったのでしょうか？」

「違うのよ、ヴィルが事前にお父様に全て伝えてくれたみたいで……王太子の権力も発動してくれたみたい。お父様も動きやすかったのではないかしら」

私がそう言うとヴィルは満更《まんざら》でもない顔をしていた。……まぁ実際そうだと思うから仕方ないわね。

「王太子殿下、ありがとうございます。ここまで上手くいくとは思わず、若干拍子抜けしましたが……何はともあれ、皆さまがご無事で何よりですな。今日はゆっくり湯に浸かってお休みください」

「……そうだな。まずは疲れを取るとしよう」

「そうね！」

そう言ってマナーハウスに入るとマリーが「お嬢様～～!!」と涙目で走ってくるのが見える……帰ってきたって感じがしてホッとしたのだった。


翌日は疲れきっていたのか、私もソフィアも遅い目覚めだった。すっかり日は昇りきってお昼が近い時間まで寝てしまっていて、起きようと思うのだけどさすがに体も頭も疲労で重いような感じがする。

「う……ん……」

寝ぼけてゴロンとしていると、どこからともなく声が聞こえてくる。

「まだ寝ぼけているようだな。そろそろ昼になるぞ……」

ベッドがギシッと軋《きし》む音がしたのでパチッと目を開くと、ヴィルの顔が目の前にあったのだった。朝陽よりも眩しいエフェクトがかかった綺麗な顔が間近にあるので、思わず固まってしまう。

「ヴィ、ヴィル……どうして、ここに？」

慎重に言葉を選んで聞いてみたのだけど「オリビアがなかなか起きてこないから、部屋で待機させてもらった」と当たり前のように言ってくる。

「オリビア付きのマリーという侍女は、喜んで入れてくれたよ」

マリーー！　……きっと何の悪気もなく入れたのよね、マリーは。マリーを思い浮かべると、その場面が浮かんでくるようだわ……そして私に嬉しそうに「王太子殿下がお嬢様を心配して～」って言ってくるに違いない。

私は溜息を一つ落とし、隣のソフィアに目を向ける。ぐっすり眠っているわね……それほど疲れたのでしょう。体も心も疲れたでしょうし、このまま寝かせておいた方がいいわね。

「……では着替えるので、ヴィルは応接間で待っていてくれる？」

「分かった。ゆっくりでいいよ」

私が頷くと風のように出て行った。こんな気安い話し方が出来る日が来るなんてね……ヴィルも悪い人ではないし、友達にはなれそうなのよね。

さっそくベッドから下りて着替えようと動き出すともそもそとソフィアも動き始めたので、お目覚めかしら？　とソフィアのすぐ近くのベッドサイドにしゃがみ込み、顔を覗いて目覚めるのを待つ。

そうしてソフィアの目がゆっくりと開いていく……綺麗で大きな目ね。

「……おはよう」

「……お……はよう」

たったひと言の会話なのに、穏やかな日常が戻ってきた感じがして幸せな気持ちになるわ。

二人ともマリーに着替えを手伝ってもらい、準備が出来たので応接間へと行く事にしたのだった。


——コンコン——


「お入り」

その声を聞いて、私は一瞬固まってしまった……この声は……意を決して扉を開くと、そこにはお父様がヴィルと向かい合って座っていた。

「お、お父様……なぜ、ここに？」

「つれないな〜〜久しぶりに父に会えたのにその台詞だなんて」

お父様はいつもと変わらず朗《ほが》らかな感じでそう言ってくれたけど、司教の件が解決したばかりなのに、昨日の今日でまさかお父様が王都から来るとは思っていなかったわ。

ひとまず私はソフィアと一緒にヴィルの隣に腰を下ろした。驚きを隠せないでいる私にお父様は色々な経緯を説明してくれたのだった。

「殿下が我が領地での事にお力添えしてくれたおかげで、教会の方が大人しくなってくれてね……少し動きやすくなったから、早馬で来たんだ。着いて早々に司教の件と司祭の件が同時に片付いたと聞いてびっくりしたけどね。それにオリビアが関わっているって聞いて、さらにびっくりしたよ……」

「お父様……色々と勝手をしてごめんなさい。委任状を頼む時も詳しく書いてなかったのに協力してくれて……とっても感謝しています」

そうなのだ。委任状を送ってもらう時に詳しい経緯を説明している時間がなくて、掻《か》いつまんで少し書いた程度の説明しかしていなかった。それでもお父様は委任状を書いて送ってくれて……それがなければここまで早く解決する事はできなかったと思うと、本当にとても助かったのよね。

「王太子殿下からの連絡を受けて、司祭の勝手を教会に報告した時に彼を王都に戻してもらうように掛け合ったら、慌てて使者を送ってくれました。いや〜助かりました。近頃の教会は力が大きくなってきて、私が言ってもなかなか動いてくれませんから。殿下の書状を見せたらあっという間に動いてくれましたよ」

私は二人のやり取りを聞いて、想像以上に王都では教会の力が大きいのだと少し不気味な空気を感じていた。

「それにしても今回の件、公爵はどのくらい認識していた？　あなたの事だからほとんどの事は想定済みだったのではないのか？」

ヴィルがお父様にそう言ったのを聞いて、私は信じられずヴィルとお父様を交互に見やった。

お父様は朗らかに微笑みながらヴィルの言葉を否定する。

「そんなまさか！　教会が領地で税の徴収や色々とやっていた事は知りませんでしたよ。……しかし、オリビアが領地に行くと言い出した時、何か起こるだろうなとは思っていました」

「え？　そうなの？　お父様……」

私は驚きのあまり思わず聞き返してしまう……私が領地に行くと言った段階で何か起こるって予想していたというの？　私はお父様には療養に行くという名目で領地に行くと言ったけれど、その時の私はもう元気だったから療養目的ではない、という事は気付いていたと思う。

でも何か起こると予想していたというのは……お父様は私に頷いて話を続けた。

「オルビスの一件以来、こちらが何かしようとする度に教会が絡んでくるんですよね～その度にあのお方もやってくるものだから……」

「？」

お父様が何を言っているのか分からなくて、話を理解できないでいるとヴィルがお父様の言葉に反応した。

「母上だな？」

「!?」

私はヴィルの言葉を聞いて、すっかり失念していた事を思い出した……ヴィルのお母様、王妃殿下の存在を。王妃殿下は私とヴィルの婚約を快く思っていない。

そして王妃殿下は小説では、ほぼモブキャラと言っていい立ち位置だった。それくらいあまり出てこない人物なので、今の今まで全く思い出す事はなかったのだ。

「……王妃殿下はすっかり聖ジェノヴァ教会に心酔しきっていますからね。陛下も手を焼いておられる……教会に掛け合う度に王妃殿下が介入してきて、本当に困ったお方だ。領地に行く機会すら与えてくれない。あまりにも介入してくるものだから、一度陛下にお頼みして釘《くぎ》を刺していただいた事もあるのですが……今度はオリビアの方をターゲットにし始めたんです。ここまで領地に行かせまいとしてくると、さすがに領地で何かあると思う方が自然です。王妃殿下と懇意にしている大司教の息がかかった司祭を公爵領に派遣するだなんて、私が了承したいわけがない」

「……母上は相変わらずだな……やはり教会が力を増した背景は母上の影響なしには語れない、

か」

「お父様、私をターゲットにってどういう事ですか？　ターゲットにされた記憶はないのですが……」

お父様の話で王妃殿下が私をターゲットにという意味が、私にはよく分からなかった。確かに王妃殿下にはよくお茶会に誘われて、というのは小説で読んでいたけど。

そう言えばオリビアは彼女が苦手だったのよね。私の前世の言葉を借りると王妃殿下はいわゆる〝毒親〟だ。

会う度に自分の子供である王太子殿下を貶める事ばかり言うもんだから、オリビアは精神的な疲労が溜まっていくっていう。お茶会の度に体調を崩したりしていて、私としても最も会いたくない人間……加えてモブキャラだったし、無意識に記憶から消していたのかも。

「オリビアが6日間寝込んだ時の事を覚えているね？　その前も王妃殿下に呼ばれたお茶会のあとは、体調を崩しがちになっていた。私はストレスがかかっているのかなと心配していたんだ。でもだんだんと精神的にも不安定になってきたりで、ただのストレスとは思えなくなってきて……私は君にお茶会に出る事を止めるように言ったんだ。でも君は殿下の為に行かなければと言って、頑として聞き入れず、私の事も避けるようになってしまった。そんな日々が1年以上続いたところで、6日間高熱で意識を失ってしまって……君が高熱で意識を失っている間に君の体に何が起こっているのか調べなければと、血を検査していたんだ……」

「……まさか、それでは……」

「うん、少しだけど特殊な毒の反応があった。何の毒かはまだ分かっていないけどね……必ず突き止めるよ。その時の私の気持ちが分かるかい？」

お父様からとてつもない殺気を感じるのは気のせい……ではないようで、ヴィルが汗を流している……

「まぁ、私の考えが間違っていなかった事が証明されたわけだ。でもそれだけでは王妃殿下を追及は出来ない。オリビアが領地に療養に行くと言った時、私はいい機会だと思ったよ。領地に行けば王妃殿下のお茶会に行かなくてもいいし、体調も戻ってくるだろうと思って……実際に体調が良くなったんじゃないかい？」

そうなのだ。領地に来てからすこぶる体調がいい。多少疲れて微熱は出たけど、気持ちも前向きだし、ストレスから解放されたからだと思っていた……

「殿下がオリビアを冷遇していたのも今となっては良かったのかもしれません。認めたくはありませんがね……もし二人が相思相愛な様子だったら、オリビアはもっと早めに消されていたかもしれない。殿下がオリビアに冷たかったので、王妃殿下は油断していました。あなたがオリビアを追って領地に行くとは全く予想していなかったから、今回の件も王妃殿下からすれば青天《せいてん》の霹靂《へきれき》だったわけです。二人が協力して教会や自分が不利になるような事をするとは、夢にも思わなかったでしょうね」

「……」

ヴィルは隣で複雑な表情をしていた。確かにお父様の話は喜んでいいのか分からないわよね。

それにしてもお父様がこんな事を一人で抱えていたなんて想像もしていなかった。

「殿下、私があなたのお母上のしている事をなぜあなたに伝えてこなかったか、なぜ伝える事が出来なかったのか、分かりますか？　もっともあなたの事だから勘付いているだろうとは思いますが……」

「……母上が私の命も狙っているから、だろう？」

え……実の息子の命を狙っているの？　だって陛下はヴィルの事を大切にしているし……お父様の言っている事が信じられず、二人を交互に見てしまう。

「ええ、王妃殿下はオリビアをターゲットにしましたが、あの方のターゲットにはあなたと陛下も入っています。ゼフは王妃殿下から身を守る為に付けているところもあるのでは？」

「……そうだ。いつからか命を狙われる事が多くなったが、私は王太子だから多方面から命を狙われる危険があるのは仕方ないと思っていた。しかしある日、我が国の雇われ暗殺者が私を消そうと忍び込んで来た事がある。すぐに捕らえたが、その者が吐いたのだ……依頼主は母上だと。母上もバレてもいいと思っているのだろう、次の日、笑って挨拶をしながら、身辺に気を付けろと言ってきた時は吐き気がしたがな……」

私もお父様やヴィルの話を聞いて吐き気がしてきた。そんな母親が本当にいるなんて。想像以上に彼女は狂っているのね……ヴィルもお父様も苦しそうな表情で話を続けている。

「王妃殿下の話をする時に殿下への行為も話さなければならない事で、私は非常に迷っていました。陛下もこの話をあなたにするべきか悩んでいた……ゼフを付けているのを知り、もう知っているのだなと察しましたが」

「……」

「あなたの弟君が生まれてから、王妃殿下はさらに動きが活発になってきましたからね……陛下はあなた以外を王位継承者とする事はないとおっしゃられています。その時が来ればすぐにでも王位を明け渡す覚悟を持っておられる。でもそれは今ではない、今陛下を失うわけにはいかないのです。まだ派閥争いが絶えず、国の基盤が脆《もろ》く、不安定な状態では……私は陛下を守る為に王都を離れる事は出来なかった」

「父上……」

王妃殿下って本当に狡猾《こうかつ》な人なのね。全てを分かっていて、痛いところを効果的に攻撃してくる。お父様の弱点は私だという事を分かって、私をターゲットにしたのね。

陛下の弱点はヴィルだし……愛情って最高の力になるものだけど、最大の弱点にもなり得る。でも人の愛情を逆手に取って踏みにじる行為は許せない。この国の国母たる人がそんな人間だから貴族も教会も腐って……国が腐敗していくんじゃない。

いつまで経っても子供たちが安心して暮らせる国になりはしない。

王妃殿下に対する怒りが、私の中で沸々《ふつふつ》と湧いてきていた。

「しかし今回の件で、子供たちを売りに出そうとしていた国が王妃殿下の母国だったなんて、あの方にとってもダメージは大きいでしょうね～」

まさかの情報はまだまだ出てきた。ドルレアン国は王妃殿下の母国なの？　さすがにそれは小説でも書かれていなかったので、寝耳に水だった。

「……ドルレアン国と取引していたとはな。実際に母上が関わっていたかどうかは分からないにせよ、教会と母上が深く繋がっていると思っている貴族は多い。これで少し大人しくなってくれるだろうとは思うが」

「少しは、ね。そう願いながら今日ここに来たのですよ。お二人が解決してくれて本当に助かりました。オリビアも頑張ったね」

「……私は私に出来る事をしただけですわ」

突然お父様に褒められて、思わず照れてしまう。お父様の苦労に比べたら、どうという事はないわ。

「ああ。……殿下にも感謝いたします。実はオリビアが領地に行くと言い出した時に、殿下も領地に行く事は想定しておりました。王宮で殿下に会った時やゼフをオリビアに付けると聞いた時に娘に執着している感じがあったので……ニコライくんからも聞いて、やはり向かいましたかと……」

「私が向かう事も想定済みという事は、領地で何かあった時にそれを解決する事も想定済みだったのではないか？」

殿下にそう言われたお父様は、ただニコニコしている……まさかね……

「……殿下は可愛い娘の婚約者です。殿下がどこまで出来るのかを見てみたかったのもあったので」

「それでオリビアが危険に晒《さら》されるとは思わなかったのか？」

「殿下はオリビアを危険に晒したのですか？」

「……」

凄いわ……お父様って本当にやり手というか、殿下が全然返す言葉を失ってしまっている。

「私は殿下が何でもオリビアを守るだろうなと思っていましたよ〜。仕事を放り出してまですっ飛んで行くくらいですから。しかし親としては大切な娘を預けるに値するのかどうか……見極めさせていただきませんと。どこぞの馬の骨に大切な娘はあげられませんからね～」

「……」

お父様はとてもニコニコしておっしゃっているけど、何やらヴィルへのただならぬ圧を感じる。これは私を冷遇していた殿下への静かな怒りね。

私って本当に愛されているんだなって感じて、何だか嬉しくなってしまった。

「クラレンス公爵、すまなかった。私が不甲斐ないばかりにオリビアには惨めな思いをさせてしまった。そして彼女が命を狙われてしまったのも私の責任だ。本来なら私が全力で守ってやらねばならなかったのに……」

「それは違います。オリビアを殿下の婚約者にと陛下に勧めたのは私なのですよ。そして二人を会わせたのも……それは私の罪です。あの時の事をどれだけ後悔したか」

お父様もヴィルも自分の事を懺悔《ざんげ》して、私を責めようとはしないのね。私だってヴィルの婚約者として立派だったとは言えないし、心配してくれていたお父様に反発して1年くらい会話しなかったのに。

「オリビアの幸せをジョセフィーヌにあれほど誓ったのに私の手で危険に晒すような人生にしてしまった……」

お父様の美しい瞳からハラハラと涙がこぼれ落ちて……相変わらず美しい涙だわ。私はたまらなくなって立ち上がり、お父様の美しい顔を抱きしめた。

「ごめんね、オリビア……」

「お父様、オリビアは大丈夫です。今までも幸せでしたし、これからも必ず幸せになってみせますわ」

「うん……」

頭をよしよししてあげると涙がおさまったのか、笑顔を見せてくれてホッとする。私がそのままお父様の隣に腰掛けると、ヴィルがお父様に頭を下げた。

「これから私は、彼女に精一杯誠意を示していかなければならないと思っている。それによってオリビアがどう思うかは彼女次第なのだが……まずは建国祭でオリビアをエスコートする事を許可してくれないだろうか……頼む」

「……」

ヴィルが頭を下げている。王族がそんな簡単に頭を下げちゃいけないんじゃ……

「……オリビアは了承したのかい？」

「え？　……ええ、婚約者ですし、そうするべきなのかと……」

対外的にはまだ婚約者だから、一緒に行かなければならないものだと思っていたんだけど、深く考えず了承してしまった事を今さらながら後悔する。断る事もできたのよね……

「……仕方ありませんね。オリビアが了承したのなら、私が口を出す必要はないでしょう。しっかりエスコートを頼みますよ」

「……感謝する」

お父様にお礼を言った後、ヴィルがこっちを見て嬉しそうに笑いかけてきたのだけど、またしてもエフェクトが眩しくて無になってしまう。

まぁでも、お父様に頭を下げてくれた事で、少しは溜飲《りゅういん》が下がった、かな。ちょっとだけ建国祭に対して前向きな気持ちになれたような気がした。

父親の愛情って本当にありがたいものね。お父様が常に私の幸せを考えて行動してくれる事の安心感って、物凄いものがある。私はお父様を悲しませる事は絶対にしてはいけないと、固く心に誓ったのだった。


「そういえばお父様に紹介がまだだったんだけど、ソフィアを紹介するわね」

私は大事な事を忘れていた。ソフィアをお父様に紹介していない事に気付いて、向かいに座っているソフィアの名前を呼ぶと、彼女は自分で立ち上がり、お父様のところに行って自己紹介をし始める。

「……ソフィアです。オリビアさまにお名前をいただきました」

「ああ、ジョセフィーヌのお母上の名だね！　そうか〜〜きっとお義母様が君たちを守ってくれたのかもしれないね。君によく似合っているよ」

お父様はそんな事を言いながら、目を細めて笑っていた。お祖母様が……そんな風に考えた事もなくて、ちょっぴりジーンとしてしまう私がいた。

「ソフィア、君はどうしたい？」

「わたしは……オリビアさまのお役に立ちたいです」

「？　役に立ちたいという事はオリビアに仕えたいという事？　侍女なら足りてるけど君がなりたいのなら……」

お父様は自然と疑問に思った事を聞いているだけなのだろうけど、私はそんなつもりではなかったので慌てて訂正する。

「ち、違いますわ！　……その……家族として迎えたいのです……」

「あ、そういう事か！　うんうん、姉妹ね。いいんじゃない？　私が反対する理由はないし、遠縁の子供を引き取ったって事にすれば大丈夫でしょう」

お父様の許可が下りて、喜びのあまりソフィアと抱き合う。

「王都の屋敷の方も賑やかになるね。ソフィア、よろしく」

「あ……よろしく、おねがいします」

そう言ってソフィアはお父様に頭を下げた。

「偉い、偉い！　オリビアの小さい頃を見ているみたいだね～素敵な淑女になれるように王都に帰ったら沢山お勉強しないとね」

お父様はソフィアにウィンクし、まだ右腕は治りきっていないのに両手に握りこぶしを作りながら「がんばります！」と決意表明をするソフィア……和《なご》やかな雰囲気のまま応接間の時間は過ぎていった。

9章　新たな家令の決定

その日の夕食はお父様とヴィル、ソフィア、マリーにロバートも一緒に皆でとる事にした。

こんなに賑やかな夕食は初めてかもしれない。この世界に転生して色々な事が目まぐるしく起きたから、とても穏やかで楽しいわ。

「お父様、王都に帰る前に少し領地でやりたい事があって……それをしてから帰る形でもいいかしら？」

「そこまで急いでいないから大丈夫だよ。やりたい事っていうのは？」

「えっと、ここに来てからずっと行ってみたいと思っていたのだけど……公衆浴場に行ってみたくて」

いわゆる温泉ってやつよね。ここの湯はどういう効能があるかは分からないけど、領地に来たからには、帰る前に一度入っておきたい。

「なっ……公衆浴場は皆が入る場所だ。オリビアを皆が見るなど……」

「男女は分かれているわよね？」

「そ、それはそうだが……ブツブツ……」

殿下が何かもにょもにょと言っているけど、よく聞こえなかったのでスルーする事にしよう。皆がいなければいいのかしら？

「夜ならいいんじゃない？　だいたい領民は皆朝に入って、身を綺麗にしてから仕事をするものだから夜は誰もいないと思うよ。夕方から貸し切りの看板でも立てておけば大丈夫じゃないかな」

お父様がそう言ってくれたので、私は顔を輝かせる。隣でヴィルが何か言っているのを無視して決定してしまうのだった。

「じゃあ、明日はオルビスやテレサも来るし、皆で公衆浴場に行きましょう！」

ソフィアは拍手をしてくれて、マリーは「いいですね！」と言って笑顔で同意してくれる。

「……ではオリビアが行くなら、私も行かねばならないな……」

「ヴィルは行きたくなさそうだから、屋敷で待っていてくれてもいいのよ？」

笑顔でそう言うと思い切りショックを受けた顔をするのが、とても面白い。最近は犬のように感じてしまう自分がいるわ……いけない、これでもこの国の王太子なのよね。ちょっと気安くしすぎてるかしら。

「冗談よ、一緒に行きましょう。皆で行った方が楽しいものね」

「やはり私がいた方がいいという事だな」

「……もう！　すぐそれなんだからっ」

ははっと笑うヴィルの姿をお父様が見て笑っている。殿下がこんな風に笑う姿は小説の中でも記憶にないし、いつもエフェクトがかかった俺様王太子だから珍しいのかも。

明日、オルビスとテレサが来たらさっそく二人も誘いましょう。子供たちも来たら皆一緒に入ればいいわね！　ソフィアも喜ぶし……そんな事を考えていたら、ますます明日が楽しみになったのだった。


翌日、お父様が急遽《きゅうきょ》王都に帰る事になり、私やソフィアやマナーハウスの皆は、朝から見送りの為に門の前まで出ていた。

なんでも王都では私とヴィルの話題で持ちきりらしい……教会が密かに人身売買をしていた事は瞬く間に王都に広がり、聖ジェノヴァ教会は対応に追われているとの事。

ヤコブ司祭は王都に戻ってくるように言われて戻ったけど、結局先に捕まったヴェットーリ司教の証言でヤコブ司祭も即日捕まり、今は二人の処分をどうするかの議論がなされている最中らしい。さすがにそんな時にお父様が陛下のそばを離れているわけにはいかない、というわけだ。

王妃殿下の母国と取引をしていた事も相まって、王都ではてんやわんやらしいので、すぐに領地を出る事になった。

私はお父様が領地を去る前にここの教会をどうするべきか相談してみた。以前ヴィルが提案してくれた、領地の教会は修道士たちが管理し、修道院に身寄りのない子供たちを預かる孤児院の役割を持たせてはどうか、という話をしてみたのだ。

するとお父様は「素晴らしいね」と褒めてくださり、私がいいと思う方針でやってみたらいいと背中を押してくれたのだった。

「……では、お父様。お気を付けて帰ってくださいね」

「うん。王都で待っているよ。危ないからゆっくり帰ってくるんだよ？　殿下がいるから大丈夫だとは思うけど……」

いつも一番に心配してくれるお父様を皆で見送り、オルビスやテレサたちが来るのを待つ事にしたのだった。


そしてお父様が王都に発ってから小一時間くらい経った後、オルビスとテレサがあの時の子供たちを連れてやって来てくれた。

「こんにちは～！　オリビア様、皆さん……あ、ソフィア！」

一番乗りで来たのはソフィアと一緒に捕まっていたパウロだった。この子は本当に元気で、私たちに挨拶をしている途中にソフィアを見つけて、一目散に駆けつけてくる。随分仲良しになったのね～、微笑ましい。

「パウロ、こんにちは！」

ソフィアも嬉しそうだわ。やっぱり同じ年ごろの子供たちと遊ぶのって楽しいわよね！　パウロの他にナタリーという女の子とダコタという男の子も来ていた。皆一緒に捕まった仲間だから、ちょっとした絆《きずな》みたいなものが生まれたのかもしれない。

「オリビア様、王太子殿下、ロバート様もお招きいただき、ありがとうございます！」

「こんちは！　来てあげたよ」

オルビスとテレサも相変わらずで、二人ともわざわざ身なりを整えて来てくれたのが分かる。というのも公衆浴場は使えるようになったし、教会の扉は開かれ、修道院の修道士や修道女たちが手分けして、住む家のない者の世話をしてくれているのだ。

もちろん公爵家からも衣服や食料などの支援に加えて、金銭的な支援もロバートが手配してくれている。

それもあり、貧民街で暮らす人はほとんどいなくなった。

病気や怪我で動けない者のお世話なども必要だから、教育機関よりも先に医療機関の方を整えるべきかしら。

教会の者がいなくなって、昔のようにここはこれからもっと良くなっていくわね……良かった。皆が揃ったところで、大人は応接間でゆっくり話をしながら、子供たちは庭園で遊ぶ形になった。

「あの司祭がいなくなったから、また教会に行きやすくなったし、凄く快適になったよ！」

「修道士の方たちがとても協力してくれて……今までヤコブ司祭に抑えつけられていた部分もあったようです。神に仕える身でありながら、申し訳なかったと言ってくださいました」

皆、オルビスたちと同じように被害者のようなものなのに……救いを求めている者に手を差し伸べる事が出来なくて、苦しかったでしょうね。ましてや自分たちの住む修道院のすぐそばで、子供たちが捕まり、売られていただなんて……

今はもう自由に出来るでしょうし、きっと頑張ってくれるわね。

「その修道院なんだけど、教会を表向き修道院長に管理してもらって、修道院では幅広い人々を住まわせる事が出来るようにしたいの」

「それは助かります。しかし今は修道士や修道女の方々が色々と頑張ってくれていますが、段々と人手が足りなくなりそうですね……」

修道士の方々も四六時中人々の世話をしているわけにはいかないものね。

「じゃあ住んでいる人たちで協力して、出来る事は自分たちでしていく形にしたらどうかしら。

料理もそうだし、掃除や洗濯なども皆で三分けして、分担していけば、修道士の方々も祈りの時間を持てたりするんじゃないかしら……」

「いいんじゃない？　あたしはむしろ修道院で働きたいよ！　体力はあり余ってるし、子供たちの世話も好きだからさ～」

「いいわね！　テレサは子供たちのお世話が上手だし。修道院には公爵家から、物資や金銭も永続的に支援していくわ。そういう面での心配はしなくて大丈夫だと思う。働いて稼ぐ事が出来るようになれば、自分で生計を立てられる者も増えていくと思うし、仕事として割り振ってもいいわね……」

未来について話し合える事がこんなにも嬉しいなんて……テレサも生き生きとしているし、オルビスも苦しい表情をしなくなって、皆未来に向かっていってる感じがする――。

「ここの領民は、とてもこの領地が好きなんだなって伝わってきますね。特に今回のヤコブ司祭とロバート様が対峙した時に、領民が怒りを爆発させた時はとても驚きました」

オルビスがヤコブ司祭の時の話をし始めたので、詳しく聞きたくて耳を傾ける。

「皆、本当に怒っていて……勝手に徴収されていた事ももちろんですが、ここの領地の為に払っていたのに違う事に使われていた事が腹立たしいと言っていて……この土地が愛されているんだなって感じました」

「そう……皆がそんな事を。お父様のやってきた事が皆に伝わって、住みやすい良い領地として機能していた証ね。とても嬉しいわ……ヤコブ司祭のしていた事は許しがたいけど、それにずっと気付けずに領民を苦しめてしまったから、彼らにはその分も返していかなければならないわね」

「お嬢様、その件で折り入ってお話がございます」

そう言ってロバートが突然話し始めたので、皆彼の方を一斉に見ると、ロバートがゆっくりと話し始めた。

「私は今回の件で、領民や公爵家の方々に大変なご迷惑をおかけいたしました。旦那様にもお伝えいたしましたが、私もそろそろ引退を考えるべきと判断しまして……」

「え？　お父様にも伝えたって……そんな事を考えていたの!?」

私は驚きのあまり、立ち上がってしまった。まさかロバートがそこまで責任を感じていたなんて……今回の件でロバートも色々と思うところがあるのはよく分かっているわ。

「お父様はなんて……」

「旦那様は私の気持ちを汲《く》んでくださり、私のやりたいようにと仰ってくださいました。突然すぐに辞めるというわけにもいきませんし、次の者に引き継いでいく事も必要ですから」

そしてロバートはオルビスの方を見ながら、話を進めていく。

「私のような臆病な年寄りではなく、若く信念を持って取り組める人物が相応しいと思うのです。そこで、ここにいるオルビスに私の後継となってもらおうと考えているのですが……いかがでしょうか」

「……え？」

突然指名されたオルビスは何が起こったのかと、目を白黒し始めた。まさか自分が指名されるとは思っていなかったわよね。私もロバートの話を聞いて驚き戸惑っている最中だけど、オルビスなら信頼出来るかなと思えた。

公爵家にいられなくなっても自分のやるべき事をして、貧民街の人たちを支えてくれていたから。

「それなら、私も賛成よ。オルビスならしっかり務めてくれるに違いないと思えるわ。今までも頑張ってくれていたし……オルビスはどう？　やってみる気持ちはある？」

「……由緒ある公爵家の家令に私なんかでいいのでしょうか……」

「確かに公爵家ではあるけど、領地を任せるのは身分とかそういうものより、信頼出来る人物がいいの。お父様もオルビスの話を出したから、了承してくれたのよね？」

私がロバートにそう聞くと、ロバートは笑顔で頷いてくれた。やっぱりそうだったのね……ロバートと私のやり取りを見て、オルビスは気持ちを固めた表情になった。

「……分かりました。自分の出来る限りやってみます。あのような事を二度と起こさないように色々と学ばなくては……」

「ロバートに沢山聞いたらいいわ。色々な事を教えてもらって、立派な家令になってね」

「はい！」

ロバートもオルビスも嬉しそうね。ふとテレサの方を見ると、ちょっぴり寂しそうな表情をしている……オルビスと離れる事になるんだものね。

「テレサも公爵家で働いたらどうかしら？」

「え？　……あたしはいいよ！　そういう堅苦しい事は苦手だし……子供相手にするのは得意だけどね～」

テレサのいいところは飾らないところよね。常に自然体だし子供たちに好かれるのも分かるわ。

「じゃあ、正式に修道院で子供たちのお世話係として働いてくれる？　マナーハウスに住んでもいいし、修道院に住んでもいいし……そうすれば修道女の方々もとても助かると思うの」

「いいんじゃないか？　そのまま子供たちに文字の読み書きなどの教育も出来たら、なおいいんだけどな……」

ヴィルがそう言ってくれて私もハッと気が付いた。そっか……教育機関がないから、そういった教育が出来ないのよね。

「えーー文字の読み書きは苦手だよ。そっちは他の誰かに頼んで」

「私がテレサに教えるよ。テレサならすぐに覚えられると思うから」

テレサが言い終わらないうちにオルビスが笑顔でそう言い出した。テレサが驚きのあまり目を見開いている。でも嬉しかったのか「オ、オルビスが教えてくれるなら、やってもいいよ」ってモゴモゴ言っている姿が可愛いすぎるわ。

分かりやすいんだから。きっと気付いていないのはオルビスだけね。

色々な話がまとまったので、皆に公衆浴場に一緒に行こうと提案してみたところ、快い返事がきたのだった。

いよいよ温泉に入れるわね！

夜の温泉に向けてウキウキが止まらない私は、早い時間から貸し切りの看板を立ててほしいとロバートにお願いしたのだった。

10章　温泉

日が落ちて暗くなってきた頃に皆でマナーハウスを出発し、公衆浴場に向かった。

公衆浴場は森の入口付近に作られていて、周りを森に囲まれている。男女を分ける為に男湯と女湯は少し離れて作られていて、レンガブロックで仕切りも出来ていた。

浴場は公爵家が管理しているので、清掃員として働いている者もいて、毎日綺麗にしてくれている。

今夜は公爵家で使うという事で、入口には貸切看板がきちんと立てられていた。浴場の方からは人の気配はしないわね。

入口までは皆で行って、そこからは男女に分かれて入っていったのだった。

女湯は私、マリー、テレサ、ソフィアとナタリー。男湯はヴィル、オルビス、ゼフ、パウロにダコタというメンバー。

◆◇◆◇◆

「女性陣が盛り上がっている声が聞こえますね」

「何を話しているかは聞こえないがな……」

オリビアが皆と入りたいというから来てみたはいいが、私自身が皆と入るという事が初めてで落ち着かないな——オルビスはともかくゼフと一緒に湯に入るのも初めてだ。

そしてゼフの肉体を見て衝撃を受けた……私ももちろん鍛えてはいるが、ゼフには勝てる気がしない。

そのくらいでなければ潜入行動なども出来ないという事か——。

「おっさん、女湯に行きたいんじゃないの？」

「……私はおっさんではない、お兄さんだ」

このパウロという少年はなかなか気概があっていいのだが、私の事をおっさんと呼ぶのだけはいただけないな。まだおっさんと呼ばれる年齢ではないと思うのだが……。

「俺から見たら皆おっさんだよ～ゼフさんは特別だけど。兄貴って呼ばせてください！」

「……」

ゼフはしばらく無言だったが、パウロが引き下がらないので渋々頷いた。港での一件以来、すっかりゼフを崇《あが》めてしまったらしい。あの動きを見たら憧れるのも無理はない。

「ゼフに弟子入りしたらどうだ？」

「……弟子は取っていません」

ゼフが珍しく口を開く。ゼフの役目を考えると、自分の仕事に集中したいのだろうな。

「今はまだ兄貴に教えてもらえるような年でもないし、足を引っ張るだけだから無理だよ。これから沢山鍛える！　そしたら兄貴を訪ねていい⁉」

「……」

「……まぁお前次第だな、パウロ。ゼフもその時にでも考えてやれ」

私がそう言うとゼフは渋々頷き、パウロは喜んでお湯をバシャバシャしながら跳ねている。子供は元気だな。子供が元気な国というのは良い国の証だ。

「殿下はオリビア様と明日、帰られるのですよね？」

「ああ……お前もテレサと仲良くやるんだぞ」

「え⁉　あ、いや……ははっありがとう、ございます」

オルビスの顔が茹蛸《ゆでだこ》のように赤くなっていく。どうにも分かりやすいのに気付いていないのは本人だけだ。

「早く気持ちを伝えればいいものを……いつ会えなくなるか分からない世の中だ。のんびりしているうちに矢ってからでは遅いぞ」

「殿下……そうですね。肝に銘じておきます。でもきっと殿下とオリビア様が安心して暮らせる世の中にしてくれますよね」

そう言って屈託なく笑うところが、この男の憎めないところだな。皆が安心して暮らせる世界か……今回の件を解決する時に感じたが、きっとオリビアが目指しているのもそういう世界なのだろう。

私が叶《かな》えてあげたい。

いつの間にかオリビアの願いを叶える事が私の願いになっていた。

私も人の事ばかり言っていられないな……母上の事、父上の事も王都に帰ったらやるべき事が山積している。オリビアをこれ以上母上の餌食《えじき》にさせないように、彼女が目指す世界を実現する為に手を尽くさなくては――

母上の事だから、きっと何かを画策しているに違いない。

だからこそ公爵も早めに帰ったのだろうし、まずは父上やニコライから話を聞かなくては。

◆◇◆◇◆

女湯――

久しぶりの大浴場とあって、解放感が素晴らしいわ……このお湯の成分は何なのかしら。少し白っぽい色をしていて乳白色に近いような……体がポカポカしてくる。

「あったまりますね～～こんなに広いお湯に入ったのは初めてです！」

マリーが肩まで浸かりながら幸せそうな顔をしていた。

「本当にすぐにポカポカしてくるわね！　何の成分が入っているのかしら……美肌成分が入っているといいんだけど」

「美肌って何？　肌が綺麗になるって事？」

テレサに聞かれて気付いた……しまった、つい前世の言葉を使ってしまう。美肌って言っても通じないわよね。

「そうそう、美しい肌って事よ！　テレサはお肌モチモチね～～どうやってその肌を保っているのか知りたいわ！　胸も大きいし、羨《うらや》ましい～」

「なっ……どこ見てるんだよ！　肌なんて何もしてないし……むしろ泥にまみれていたのが良かったんじゃないの？」

そ、それって泥パックって事……天然の泥パック……もしそうだとしたらびっくりしちゃうけど……

「でもこれで毎日お湯に入れるから嬉しいよ。好きで泥にまみれていたわけじゃないしね～」

「ふふっ、綺麗にしたいのは、オルビスの為に？」

私が意地悪な顔でそう言うと、突然顔が真っ赤になるテレサ――

「なんでオルビスが出てくるんだよ！　……普通に女として綺麗にしたいものだろ……まぁ……少しは関係あるけど……」

そう言って、お湯に顔を半分入れてブクブクしている……か、可愛いわ。そして認めたわね！

「……でも公爵家の家令になっちまうんだもんな～。立場が違いすぎるし、もう半分諦めてるからいいんだよ……」

「……でも家令と言っても貴族なわけではないですし、気にする事はないと思いますよ！　私の母だって貴族じゃありませんし」

マリーが自身の家族事情を話しながらテレサを励ましてくれる。ロバートは確か男爵の爵位を持ってはいるけど、メンデルは貴族じゃなかったはず。

「メンデルは私の乳母を務めてくれた人なのよ。貴族とか身分など関係ないわ。今もマリーたち一家は公爵家の為に尽くしてくれているし、大事なのは人柄よ。そしてオルビスがどう思うか、が一番大事ね！」

「……そっか……」

「それに、オルビスが誰かと一緒になるところを見ても平気なの？」

「それはっ……無理……はぁ～～やるだけやるしかないか……」

ふふっ、とっても好きなのね。二人の恋が上手くいくといいわ——ふと横を見るとソフィアとナタリーがタオルで遊んでいた。

「こうやると空気が入って、ここを持つと風船みたいになるのよ」

私はお湯に空気を入れるようにそっとタオルを浮かべて、両手で空気を逃さないように持ち上げると風船になる、という遊びを教えてあげた。

二人は感動して、小さな手を使って一生懸命風船を作っていた。

手が小さいから風船も小さくて可愛い。

温泉の効果なのか、ソフィアの腕は添え木がなくても痛みや腫《は》れがなくなっているようで安心した。このままいけば完治も近いわね——。

女湯ではそんな話が繰り広げられ、終始なごやかな時間を過ごす事ができた。こうして私の温泉欲は満たされ、翌日はロバートやマナーハウスの皆、オルビスやテレサたちに見送られながら、王都へと帰る事となる。

馬車は行きとは違い、ヴィルも加わって5人旅となった。

帰りの馬車の中では穏やかな時間が流れ、ちょっとしたハプニングもあったけど行きよりも少しスピードを上げたおかげで2日後には公爵邸に到着したのだった。

11章　王妃様とのお茶会

私は伯爵家のブランカ・メクレーベル。一人娘だったので、両親にはとても可愛がられた記憶しかない。
美しいゴールドの髪に甘い顔、男性は自然と寄ってくるし、今まで不自由した事はなかったわ。でも私がなりたいのはお姫様であって、他の令息には興味がないの。王子様と結婚するのが子供の頃からの夢だった。

この国のヴィルヘルム王太子殿下は、その点でとても見目麗《みめうるわ》しく、強く、男らしいし、私にとって理想の王子様だった。
この方の隣に並びたいと、小さい頃から淑女教育にも熱心に取り組んだし、日夜努力していた。でもその私の夢も9歳の時に儚《はかな》く散る事となる。公爵家のオリビア様に横取りされ、ショックで10日は寝込んだ。

でも自分の方が美しいとお母さまは言ってくれるし、あんなお堅い女に負けはしない……女の魅力を磨くのよ、と男性と少しのたしなみ程度には遊んでみたわ。

どの男も王太子殿下には遠く及ばなくて……やっぱりあのお方は特別なのね。それでこそ私に相応しいというもの。

学園では殿下と同じ生徒会に入れて、毎日が嬉しくてたまらなかった。私は一個下だけど、二年は共に生徒会のメンバーとして活動出来る事が嬉しくてたまらなかった。

時折トマスが仕事をしなさいとうるさい時もあるけど……生徒会の仕事は割と好きだった。

殿下との時間を喜んでいたのも束の間………オリビア様は学園にまで通って殿下のそばにいた。

王太子妃教育があるのだし、学園での勉強は免除されているはずよね？　ここに通う必要などないのに暇なの？　学園での殿下との時間は、私が唯一独り占め出来る時間なのに……何より私の殿下にずっと纏《まと》わりついて、殿下と二人になる機会すら出来ない……私と殿下の邪魔をしようと言うのね。

ある日、殿下の授業の終わりを待つオリビア様が、伯爵家の令息に言い寄られている場面に出くわす。

殿下という素晴らしい婚約者がありながら、他の男に現《うつつ》を抜かすなんて許せない……王妃様とのお茶会で、王妃様からオリビア様が男好きという事を聞いていた。

でも学園では殿下にべったりだったし……まさか、と私は信じていなかった。

でもやっぱりそうなのねと確信に変わった私は、オリビア様が色んな男と親密な雰囲気という噂を流した。

学園のお友達も半信半疑だったけど、オリビア様は見た目だけは美しいから言い寄られる事が多くて、皆がそういう目で見始めた。

その為に学園に通っているのでは、と噂する者も出始める。

そして殿下もその噂が気になるのか、どんどんオリビア様への態度が冷たくなっていく……これは成功ね！

王妃様も言っていたのだから真実に違いないもの。

それなのにオリビア様が熱で6日間お休みになられてから、殿下は変わられてしまった。生徒会に来ても心ここにあらずといった感じで、すぐに王宮に帰られてしまうし、生徒会に顔を出す機会がめっきり減ってしまう……オリビア様はすっかり学園に来なくなったし、殿下と距離を縮めるチャンスなのに！

そう思って久しぶりに生徒会に顔を出した殿下との距離を縮めたい私は、王宮に戻る殿下をお送りしようとした。

「ヴィル様……ブランカがお送りします。いつもはオリビア様がいらっしゃって出来なかったから……ダメですか？」

私は上目遣いでヴィル様の腕に自分の腕を絡め、お願いする。こうすれば私の胸の感触が気になる男たちは、すぐに了承してくれるの。

「すまないが、今私が見送りをしてほしい人はオリビアだけなんだ。君はトマスの手伝いをしてくれ。……では、また明日」

……私の誘いに乗るどころか、冷たくあしらわれてしまったのだ。トマスもびっくりしていたけど、私もあまりの変わりように驚いて固まってしまう――

なぜ？　あれだけ冷遇していたのに、どうしてそんな事を？

しかも殿下がめっきり生徒会に顔を出さなくなったと思ったら、オリビア様の元へ向かったって……副会長のニコライ様に告げられて、ショックで３日は泣いて暮らしたわ。

その後、王妃様とお茶会をする機会があり、その事を言ってみたら自分が殿下に掛け合ってみるから元気を出して、とおっしゃってくださった。

やっぱり王妃様はお優しいお方……何かと目障りな公爵家なんて早く潰れればいいのに。私のお父様もあの公爵がいるせいで、陛下は我々貴族の話に耳を貸してくれないと言って嘆いておられたわ……貴族が贅沢に暮らして何が悪いの？

貴族らしからぬ事ばかり言っている人物が、公爵だなんておかしいのよ。絶対に王太子妃の座を奪って、必ず我が伯爵家が優位に立ってやるんだから。王妃様に可愛がってもらっているのは私の方だし、オリビア様が戻ってきたらご自分の立場を分からせてあげないと。

殿下との事もまた、王妃様に泣きついてしまおう。きっと手を貸してくれるはずよ──

◆◇◆◇◆

無事に公爵邸に着いてから4日目──

私は庭園でのんびりソフィアと一緒にお茶を飲んで、羽を伸ばしていた。

領地から帰ってからというもの、マリーは荷物などの片付けに忙しそうだし、ヴィルは一旦王宮へ戻って色々な報告があるらしくて……お父様は教会や王妃殿下の件で忙しそうだし、私とソフィアだけがのんびりと過ごしている。

何だか申し訳ない気分ね。

ソフィアの件はお父様が「遠縁の親戚の子が両親を亡くしたので引き取った」という設定で、正式に公爵家の養子にしてくれた。

私とソフィアは晴れて姉妹となったのだ。これから淑女教育が待っているけど、ソフィアならきっと大丈夫ね。

さっそくお茶の時のマナーを教えながら、一緒にお茶をしているわけだけど、まだ右腕が完治していないから無理させないようにしないと。

教会の件は本当に大揉めのようで、司教と司祭をどのような刑に処するか、貴族派と王族派で意見が分かれているらしい――

貴族派は王妃殿下の事もあるから刑を軽くしようと目論《もくろ》んでいるようだけど、よりにもよって人身売買をしていたので……刑を軽くする事は出来ない、という王族派と真っ向から意見がぶつかっている。

ヴィルはこの件を領地で見てきたから、証言者として議会にも顔を出している。

王太子に見られてしまったので、言い逃れする事は出来ないだろうけど……ここで王妃殿下が出てきたら、刑にも影響が出てしまったりするのかしら。

そんな事を考えていると、マリーが建国祭の話題を振ってきた。

「あとひと月半ほどで建国祭ですね～～王太子殿下がどんなドレスを贈ってくれるか、とっても楽しみです！」

マリーは本当に心から楽しみにしている雰囲気で、色めき立っている。私もドレスを着てみたいとは思うけど、贈られるって事はきっとヴィルの色が濃いドレスって事よね？

なかなかハードルが高いわ……抵抗なく着る事が出来るかしら……

「え、ええ……そうね……建国祭の10日前には届くと言われたけど」

「ドレスは私たち侍女にとっても眼福なので、早く見たいです～」

「そういえばマリーは建国祭には出席しないの？　ロバートって男爵なんだから、マリーが出席してもいいと思うのだけど」

「わ、私はお嬢様の支度のお手伝いがありますので、行きませんよ！　それに社交界は苦手ですし……公爵家に仕えると決めたので」

……マリーは私の2個年上だから年ごろなのに社交界にも行かず、公爵家に仕えているなんて勿体ない！

こんなに明るくて可愛いのに……中身が30代だから可愛いと思ってしまうけど、一応私の方が年下なのを忘れてたわ。

「それにそういう夜会には、お相手がいないと行けませんから……」

そう言われればそうだった。夜会などに出席するには男性のパートナーが必要不可欠なのよね。

ゼフは？　って思ったけど、ゼフは当日護衛の役目があるから無理だものね。

領地から帰ってきて、ゼフはヴィルの元に戻るのかと思ったのだけど、ヴィルが私に対する王妃殿下の動向を心配して、ゼフにそのまま公爵邸を護衛する役目を与えてくれた。

今も庭園の隅にひっそりと立って護衛してくれている。

ソフィアもゼフがそのままいてくれて安心したみたいで、時々ソフィアの話し相手にもなっているゼフだった。

その夜、お父様が帰ってきて、夕食の時に議会で話し合った内容を話してくれた。

「司教たちが捕まってかなり経っているのになかなか刑が決まらないんだ。王妃殿下が粘り強くて、手強いったら……」

「自分の母国へ売られていたというのにまだ強気なのですか？」

「うん……まぁ王妃殿下が関わっていた証拠はないからね。それにあの司教は王都ではかなりの信者がいて、その者たちが司教の刑を軽くする運動みたいなのを王都でやっていたりしてね。強引に事を進めてしまうと反発もあるから、聖職者を裁くのは大変なんだ……」

「そういうのもあって、教会は強気なのですね。民にも教会を拠《よ》りどころにしている者も多数いますし」

信じる者は救われるって言うけど、数多の救われない者を他国に売りに出しているという非人道的行為は絶対に許してはならない——

「それでもおそらく10日以内には刑が決まると思うよ。あと一カ月半で建国祭があるから、それから7日間は国中がお祝いムードになるからね。その準備もあるし、建国祭の期間は議会も開かれないからそれまでに結論を出さないといけない。いつまでもこの議論を繰り広げてばかりはいられないから」

「そう、ですわね。ヴィルは議会に顔を出しているのですか？」

「もちろん来ているよ～～前はあまり発言をせず見守る形だったんだけど、今回は陛下以上に発言しているし、王妃殿下とやり合う場面もあってびっくりしているよ」

「王妃殿下と？」

「殿下は王妃殿下には萎縮《いしゅく》してしまっていたところがあったんだけどね。堂々と発言している姿に陛下も目を細めていたよ」

お父様がちょっと嬉しそうだわ。何より陛下が嬉しそうなのが伝わってくるわね……何歳になっても子供の成長って嬉しいものだものね。

あんな毒親に負けてはダメよ……私は堂々と発言するヴィルの姿を想像して、少しだけ嬉しくなったのだった。


そしてその日はやってきた。

お父様と議会での話をした2日後に王妃殿下からお茶会の招待状が来たのだ――

公爵邸の執事、エリオットから私に招待状が渡される。

「お嬢様、帰ってきて早々ですが王妃殿下からの招待状が来ております。旦那様には行かせないように言いつかっておりますが……どういたしますか？」

「招待状……返事を書かなくてはダメよね……」

まだ領地から帰って7日も経っていないのに、もう送ってくるとはね……よほど焦っているという事かしら。お父様は行くなとおっしゃるけど、私としては転生して初めての王妃殿下とのお茶会なので、正直出席してみたいと思っている。

小説ではまったくのモブ扱いだった王妃殿下。国王に次ぐ権力の持ち主なわけだけど、実際に会っていないからどういった方か分からない。

ただ避けているだけで安心安全とは思えないし、今のところ王妃殿下のいいように扱われている感じがして気味が悪いわ。

お父様やヴィルには反対されそうだけど、今回だけでも出席してみましょうか――

「エリオット、お父様には内緒にしてね。きっと物凄く心配するだろうから……」

「……それでは……」

「ええ、出席でお返事を書くわ」

「……くれぐれもお気を付けください」

「止めないの？」

「……お嬢様は頑固なお方なので、一度決めたら考えを変える事はないでしょうから」

エリオットはさすがね、よく分かっているわ。きっとお父様も行ってほしくないでしょうけど、私を止めても無駄だとは思っているでしょうね――

王妃殿下への返事はエリオットに任せて、私は当日着ていくドレスを考えていた。

「うーーん……やっぱり新調した方がいいかしら？　王妃殿下にお会いするのだから、失礼のない装いじゃないとダメよね……」

「こちらにあるドレスも素敵なものばかりですけどね！　王都にはオシャレな洋装屋が沢山ありますし、こちらに来てもらって新しいドレスを新調しましょう。お茶会まで時間もありませんしね！」

そうなのだ。招待状に書いてあったお茶会は3日後………あまりゆっくりもしていられないわ。

「今回はスケジュールがタイトだから既製品でいいわ。最新のドレスにしましょう」

「はい！」

そうしてドレスを新調した私は、デザインも最新と言われているそのドレスを来て、王宮に向かった。

ドレスは既製品ながら、とてもエレガントだった。ハートカットラインの胸元にはビージングが施されていて光の当たり具合で色が変化する。

腕のベルスリーブもオシャレだし、スカート部分も様々な生地を重ねているティアードのデザインで、アシンメトリーな感じが素敵ね……袖口やスカートの裾には全てにビジューが施されているわ。

少しマーメイド型なデザインだけど体にフィットしすぎずにふんわりしているから、とても動きやすい。

さあ、いざ出陣ね！

髪の毛はマリーがシニョンに結ってくれて、全体的にふんわりした感じに仕上げてくれていた。

「お嬢様～～お美しいです～～！」

「オリビア様、綺麗！」

マリーとソフィアや侍女たちがとっても褒めてくれる。まだソフィアはお姉様とは呼べないみたいで、いつかそう呼んでくれる事を心待ちにしている私だった。急いては事を仕損じるってやつね、気長に待ちましょう。

「皆、ありがとう！　行ってくるわね」

「「行ってらっしゃいませ！」」

皆に見送られながら公爵家の馬車に乗り込んだ。

ここから先は戦場とも言うべき場所ね。私の他にも数人呼ばれていると思うけど……皆でお茶会をしましょうって招待状だったから。

転生してからこちらの世界の貴族女性に会うのは初めてだし、そういう意味でも緊張してしまう。会った事がある人物なら元のオリビアの記憶として残っているはず。全くの初めましての人は今日覚えなければね。

そんな事を考えていると馬車は王宮に到着し、私は王妃殿下の侍女っぽい女性に案内されて王宮内を歩いていた。

王宮内に入るとまず目に入るのは中央の大きな庭園だ……吹き抜けになっていて美しく整えられているわ。ここで夜会があったら、夜の庭園なんて雰囲気があって素敵ね。

私はそこを通り過ぎ、どんどん奥まで進んでいく……関係者以外入れなさそうな通路だわ。

そしてひときわ煌びやかな扉の前に止まった。

「この扉の奥は王妃殿下専用の温室庭園となっております。そちらで皆さま、お待ちです」

「ありがとう。ご苦労様でした」

侍女が扉を開いてくれたので入ってみると、おびただしい植物たちの中央に吹き抜けのガゼボがあり、そこで皆がもう待っている状態だった。

私は丁寧なカーテシーをして挨拶をした。

「……遅れて申し訳ございません。王妃殿下におかれましては……」

「堅苦しい挨拶は苦手といつも申しておるだろう、オリビア。早うお座りなさい」

私の挨拶を遮るように、席に座るように促される。挨拶は万国共通なのよ、きちんと挨拶もさせてもらえないなんて。周りの令嬢からクスクス笑う声が聞こえる。挨拶の為に下げていた頭を上げて皆を見渡すと、今日はどうやら私と王妃殿下の他に3人の令嬢がご招待されているようだった。

3人とも顔は知っているけど名前が分からない人もいるわ……王妃殿下の左側に座っているのは生徒会書記のブランカ・メクレーベル伯爵令嬢。右側に座っているのはレジーナ・ボゾン子爵令嬢。

レジーナ嬢の隣に座っているのは……おそらく学園で見た事がある程度で、名前は分からないわね。

私は足早に自分の席に着いたのだった。

元のオリビアは王妃殿下が苦手だった。小説を読んでいても伝わってくる……理由はオリビアにとっての世界の中心である王太子殿下の悪口を言うから。

もちろん小説の中のオリビアはそんな話に同調しないわけだけど、王妃殿下は同調するまでしつこくヴィルを貶める事ばかり言ってくる。

私はこの毒親っぷりが本当に嫌いで……どうやったら自分の子供の悪口が出てくるんだろう。

確かにヴィルにも悪いところがあったとしても親は味方でいないとダメでしょ。そんな私の考えとは正反対の事をする王妃殿下の事は、理解出来る気がしない。

実物の王妃殿下は、とても優雅で尊大な雰囲気が凄い……エレガントな刺繍が施された付け襟を大きく立てていて、首には豪華な宝飾品、髪は高く結い上げている。

王妃殿下というより女王といった感じがするわね。

「オリビア、我が愚息《ぐそく》がそなたの領地で世話になったな。あやつめ、張り切っていたようではないか……人身売買の現場を押さえて、議会では意気揚々と発言をしている。いつからあのように出しゃばるようになったのか……公爵領でも迷惑をかけていたのであろう？　まったく、仕方のないヤツよ……」

始まったわ……さっそくヴィルをこき下ろし始めた。どうやったらこんな風に自分の息子を貶《けな》せるのかしら……領地でのヴィルを見てもいないのに。

「……王妃殿下、ヴィルヘルム王太子殿下は全く迷惑などかけてはおりませんわ。むしろ我が領地の為に尽力してくださって……私、大変感動いたしましたの。王太子殿下の考える作戦が実に見事で……」

「殿下はとても頭がキレるお方ですもの、当然ですわ！　きっと本の中の王子様のように華麗に犯人を捕まえたのでしょうね……」

ブランカ嬢はウットリとしたお顔で、ヴィルの事を語っている。あまり同調するのも寒気がするけど、今回は王妃殿下を牽制する意味でも大いに同調しておくべきね。

「そうなのです！　犯人の前にヒラリと登場し、たちまち捕まえてしまいましたわ。そのお姿たるや……ブランカ様にもお見せしたかったですわ……」

私は持っていた扇を開き、しっとりと笑って見せた。ブランカ嬢は嬉しそうに私の話に乗ってきて、女子会のような雰囲気になりそうだった……その時、王妃殿下が自身の扇をピシッと閉じる——

あまりに大きな音だったので、私とブランカ嬢は目を見開いて王妃殿下を見た。

「……随分楽しそうだこと……そう、ブランカ。あなたは私の見解は的外れだと言いたいのだな……」

「い、いえ！そういう事ではございませんっ……ただヴィルヘルム王太子殿下は王族に相応しいお方だと言いたいだけで……」

「……ふん……まあ、よい。そろそろお茶を飲もうではないか。レジーナ、入れてくれ」

「かしこまりました」

え？　レジーナ嬢が入れるの？　てっきり使用人が入れるのかと思った……レジーナ嬢を侍女代わりに使っている……

「あ、私も手伝いますわ」

私が咄嗟に声をかけると、レジーナ嬢は頑として譲らなかった。

「オリビアよ、この王都でも愚息とそなたの活躍は知らぬ者はいないほど、有名となっている。もはや国中に広がるのも時間の問題だ。王太子妃候補として見事な活躍だったな」

「あ、ありがたいお言葉にございます……」

やけに持ち上げてくるわね……私は一抹の気持ち悪さを感じていた。

「しかし、クラレンス公爵は大層心配したであろう。親にそのような心配をかけるのは……褒められたものではないな」

「オリビア様はお転婆《てんば》ですもんね」

「は……？」

私は何を言われたのか理解出来ず、素っ頓狂な声を出してしまう。お転婆？　褒められたものではない？　ブランカ嬢は王妃殿下と一緒にクスクス笑っている……レジーナ嬢はニコニコ話を聞いていて、その隣に座っている令嬢は無表情だった。

とても嫌な雰囲気――そうか、このお茶会は私を貶める為に開かれているのね。

私をバカにし、お前の味方はいないのだから、身のほどを弁《わきま》えなさいと言いたいのだわ……悔しい。何とかして言い返したい。

「……オリビア様、私は伯爵家のイザベル・アングレアと申します。私は女性でそのような活躍が出来る事、素晴らしいと思いましたわ。ぜひその時のお話をお聞かせください」

ずっと無表情だったイザベル嬢が突然口を開いたかと思うと、私に話を聞かせてほしいと言い始める。このお方は何となく王妃殿下やブランカ嬢、レジーナ嬢とは雰囲気が違う気がする――

私は困惑しつつも助け船を出してくれたと思い、その時の事を語り始めた。

私はイザベル嬢に促され、ヴィルが領地に来てどういう風に動いたのかを皆に事細かに説明した。きっと王妃殿下にとっては聞きたくもないお話でしょうね……わざと不興を買うような事をしてみる。

ブランカ嬢はとても分かりやすい方で、ヴィルの話だとうっとりしながら聞き入っていた。

この方は本当にヴィルを王子様のように慕《した》っているのね。本来ならこういう令嬢と婚約して結婚した方がいいと思う。でもちょっと精神的に子供なところがあって、少しつつくとすぐに顔に出てしまうところがあるわね……ヴィルの話を聞くのは好きだけど、私が登場すると物凄く嫌な顔をする。

分かりやすすぎて、ある意味見ていて面白い人かもしれない。

そしてレジーナ嬢は正直どういう人物なのか……表情を見るだけでは何を考えているのかはかりかねていた。常にニコニコしていて表情を崩さない。

貴族の令嬢は皆そうやって仮面を着けているかのように表情をいちいち変えないものだけど、あまりにもずっとニコニコしているからちょっと不気味な感じ……でも害があるというわけではない。

イザベル嬢は無表情なのだけど、私の話を聞きながら時折手をパチパチと叩いてくれたり、反応してくれる。

本当に無表情なんだけど……反応が面白くて……手の叩き方も指先だけパチパチしている。

「……殿下はニコライ卿に連絡をしてくれていて、港で捕まえる事が出来たのです。連れて行かれそうだった子供たちも解放してくださって、本当に素晴らしい活躍でしたわ。私の父も大層喜んでいて……領地まで来て感謝を述べておりました」

「クラレンス公爵が？　王都を離れる事などまずなかった公爵が……」

ブランカ嬢が驚いている。そうよね、お父様自身も全く王都を離れられなかったって言っていたし、領地にいたのも1日だから誰も知らないわよね。

「すぐに帰りましたので、知らないのは無理もありませんわ。父は陛下の側近ですから、王都を離れるのも異例中の異例……それほど今回の事件は見過ごす事の出来ない事件だったという事でしょう。まさか教会が……」

「……まだ刑は決まっておらぬゆえ、決めつけた発言はせぬ方がよいぞ、オリビア」

王妃殿下が扇の向こうで悪い笑みをしている。教会にダメージを与えた事が相当気に入らないのね。

「……もちろん決めつけてはおりませんわ。私は事実をこの目で見てきましたので、その事実を元にお話をさせていただいているだけ、でございます。特に他意はございません」

扇を広げ、ニッコリ笑って見せる。何が決めつけよ、実際に港で見たんだから言い逃れ出来ない状況なのに。

「ふん、教会は下賤《げせん》な者を掃除しようとしてくれていたのかもしれぬのに……ここまで騒ぎを大きくするとは。それによって議会で審議するべき問題も遅れている。そなたたちは何がしたかったのだ？」

「下賤な者とは……この国にそのような者はおりませんわ、王妃殿下。皆大切な民であると、陛下も殿下も仰っております。私は陛下の大切な民をお守りするのがお役目だと思っておりますし、むろん父もそのような気持ちで公務にあたっていると存じ上げておりますが……」

「そのような戯言《ざれごと》など詭弁《きべん》だ……それで国が救えれば苦労はしない」

「では陛下のお心を蔑ろになさるおつもりでしょうか……？」

私と王妃殿下の仁義なき戦いに皆、口を挟めずにいる。……これ以上ここにいても意味はないわね。私は一息ついて、お茶会をあとにしようと思った。

「王太子殿下も陛下のお志を継ぎ、とても立派な活躍をなさっております。それも一重に王妃殿下の育て方の賜物《たまもの》でございますわ。」

「そ、そうですわ！　王妃殿下のお力があってこそですわ！」

ブランカ嬢が咄嗟に王妃殿下を褒め称える。毒親を褒めるなんて絶対にしたくないけど、一応上司だから褒めておかなきゃね。

「……ふん……そのように言ったからとて、何も出ぬぞ」

……ん？　ちょっと照れていらっしゃる？　……この人、ヴィルにそっくりかもしれない……私は王妃殿下のちょっと赤らんだ顔を見なかった事にして、お茶会を退席する事にした。

「申し訳ございません、王妃殿下、皆さま。まだ領地から帰って日も浅く、体調が万全ではございませんので……今日はこの辺で失礼させていただきます」

少し険悪なムードになりそうだったので、皆が私の退席にホッとしている感じがした。気のせい……ではないわね。でもイザベル嬢だけは最初から最後まで無表情だったわ。

そしてレジーナ嬢もほとんど表情を崩さず――

でも色々と収穫はあったし、王妃殿下とお話しする事も出来て充実感もあったし、出席して良かったと思えた。そしてお茶会で出されたお茶は、口をつけただけで飲み込む事はしなかった。

お父様のお話を聞いていたし、飲む気にはならないわね。

色々な思惑が交錯したお茶会は幕を閉じ、私は公爵邸に帰って疲れがドッと出てしまったのか、その夜は寝落ちるように眠ってしまった。

この王妃殿下のお茶会でイザベル嬢に出会えた事が、私にとって大きな転機になるとはこの時の私は微塵も思っていなかったのだった。

番外編　帰りの宿で

帰りの馬車の中では私の両隣にソフィアとヴィルが座り、向かい側にゼフとマリーが座りながら、穏やかな時間が流れていった。

「お嬢様、この調子で行きますと2日後のお昼にはお邸に到着出来ると思います！　馬車に乗り続けていると体に疲れが溜まってしまいますし、どこかで一泊宿を取りましょうか？　この先なら、行きで泊まった宿屋だとちょうどいい距離かと思います！」

マリーが私やソフィアの事を考えて無理のない旅程を思案してくれている。ありがたい事ね。確かにいくら公爵家の馬車といえどもずっと乗り続けるというのは体に良くないわ。

「ソフィアもいるし、一泊宿を取りましょうか。無理して早く帰らなければならないわけじゃないものね」

お父様もゆっくり帰っておいでって言ってくださっていた事だし、旅を満喫するのも悪くないわね。

あそこの宿はソフィアと出会った場所でもある。

彼女にとってはあまりいい思い出の場所ではないから少し迷うところでもあるけど……そう

思ってソフィアの方をチラリと見ると、私の気持ちが分かっていたのか、ニコッと笑って言葉を返してくれる。

「大丈夫」

「……皆で楽しみましょうね。美味しいものも沢山食べたり」

「うんっ」

ソフィアが天使のような笑顔で応えてくれたので、私はホッと胸を撫でおろした。あの時のソフィアはまだ細くて、満足に朝食をとる事も出来なかったし、今度はいっぱい食べたいものを食べられるから楽しみね。

「行きで泊まった宿とは、どこの宿なんだい？」

行きは一緒ではなかったヴィルが素朴な質問をしてきた。そういえばどこの宿かはマリーから聞いてなかったわね。

私は転生したばかりだったので、あそこの土地がどの諸侯の領地なのかも分からなかったし、隣のヴィルに聞かれても答えられずにいると向かいからゼフが助け舟を出してくれたのだった。

「クリナート村の宿屋です」

「ああ、クリナートか。あそこは元々は王家で管理していた土地だが、今はベケット卿に管理させているんだったな」

「ベケット卿？」

初めて聞く名前だわ。私が興味津々《しんしん》にヴィルに聞き返したので、得意になって身を乗り出しながらベケット卿について語ってくる。

「オリビアは知らなかったんだね。ベケット卿はあの辺りでは木炭の精製などで財を築いた者で、村では知らない者はいなかったし、男爵の地位を与えてあの辺一帯の地主になってもらったんだ」

「なるほど……表向きは王家が地位と土地を与えて管理をしてもらう、というものに見えるけど、本来の意図はベケット卿をこのまま野放しにしない為？」

「そうだ、よく分かったね。ベケット卿はかなり財を築いて勢力を拡大しつつあったから、父上としても野放しにしておくわけにはいかなかった。地位と土地を与える事に決めた時、ベケット卿はとても喜んでくれていたよ。領地税を納めてくれれば木炭などにかかる税を軽減する事も条件に入れたのでね。お互いメリットのある取引だったというわけさ」

「王家としても自分たちで管理せずに済むし、ついでに税も徴収出来るし……考えたわね」

それにしてもこの話をしている最中、ずっとヴィルが身を乗り出していて、非常に顔が近いわ。全然直視出来ない位置に顔があるので、とってもの目のやり場に困ってしまう。

「と、とにかくベケット卿が治める土地である事は分かったわ。ソフィアとはそこで出会ったのよ。スキンヘッドの大きな男に襲われていて……もういなくなっていてほしいんだけど」

「スキンヘッドの大きな男？」

「ええ、何か心当たりが？」

私が聞くと、ヴィルは顎に手を添えながら考え込んでいる。もしかしてその男がベケット卿とか？　まさかね……

「いや、その大男というよりもクリナート村に着いたら、一度ベケット卿に挨拶に行こうと思う。久しぶりだし、そんな危ない男がのさばっている事は見過ごせないから」

「それはいいわね、私も一緒に行ってもいい？　あの村にいる子供たちの状況も気になるし、あの時のような事が度々あっては嫌だから」

「分かった、一緒に行こう」

ヴィルの了承を得たので一緒にベケット卿に挨拶に行く事になった私は、ワクワクとドキドキが入り混じった気持ちで村に着くのを心待ちにしていたのだった。

そんな私の気持ちは村に着いた途端に吹き飛んでしまう事になる。

翌日のお昼頃にクリナート村に着いた私たちは、さっそく宿を取ろうと馬車を下りると、あの時の再現のような怒鳴り散らす声が聞こえてきたのだった。

「お前ら、俺のものに手を出しただろ!!」

聞き覚えのある大きな声が聞こえてきた瞬間に、一緒に馬車から下りたソフィアが私のドレスにしがみ付いてくる。

私はソフィアの頭を撫でて「大丈夫よ」と言ってあげると、ホッとした表情を見せながらもドレスを握った手をまた強く握りしめていた。

それにしてもこの声……同じ男なのでは!?

そう思って声のする方を見ると、ソフィアの時と同じようにスキンヘッドの大きな男に追い回されている子供たちがいて、そこかしこに倒れている子供も数人いる。

あの男、まだこんな事をしているの?

私は大男への怒りがこみ上げてきて、すぐに止めようかと思ったのだけど、それよりも倒れている子供たちを助けなければ——こんな状態でまた男に踏まれでもしたら命に関わってしまうわ。

「まずは倒れている子供たちを助けて、安全な場所に移しましょう!」

私がそう言うと皆が無言で頷いてくれたので、すぐに駆けつけたのだった。

ソフィアも声をかけたり、自分のハンカチで血を拭いてあげたりしている。成長したのね。

ただ怖がっているだけの少女ではなくなっている姿に感動してしまうわ。

私がそう思ってソフィアを見守っていると、スキンヘッドの男が私たちの姿に気付いて凄い形相《ぎょうそう》で走ってくる姿が目に入ってきた。

そして男が標的としたのはソフィアだ。後ろから迫っていたので背中を向けている彼女は全く気付いておらず、男はひたすらソフィアに向かって一直線に走ってくるのだった。

「ソフィア！　逃げて!!」

私の声と男が走ってくるドスドスという音にソフィアが気付いて振り返ると、目の前に大男が迫ってきていて固まってしまったのだった。ダメ、間に合わない――頭では分かっているけど傍観しているなんて出来ずに、体はソフィアの方へ走り出していた。

次の瞬間、ゼフが風のようにソフィアを男の前から攫《さら》っていった。

「ゼフ！」

良かった、さすがゼフね！　物凄いスピードで目の前からソフィアがいなくなったので、標的が突然いなくなった男は勢い余って地面に転がってしまい、辺りに砂埃《すなぼこり》を巻き上げる。

ドシーンッという物凄い音を出しながら男が地面に転がっているうちに、ゼフがソフィアを安全な場所に連れて行ってくれた。

でもソフィアは、恐怖でゼフの首にしがみ付いていて、ゼフの腕から降りる事が出来ない。

大丈夫かしら……

そんなソフィアを落ち着かせるように背中をポンポンとしてあげているゼフがいて、なんだかいい感じ？

ようやく落ち着いてきて顔を上げられたソフィアは、たどたどしくゼフにお礼を言っているのだった。

「あ、あり、がとう……」

「どういたしまして。大丈夫？」

「うん……」

……なんだか二人の世界みたいになってるわね。ゼフがついていてくれればもう大丈夫ね。

私は地面に転がっている大男のところへ行き、話をつけようと男に話しかけてみた。

「ねえ、あなた。この前も同じような事をしていたけど、自分より弱い者をいたぶって楽しいの？　私には全然あなたが楽しそうには見えないのだけど」

私が話しかけると物凄い形相でギロリと睨んできて、威嚇してきた。そんな顔をしたって無駄よ、中身は30代なんだから見た目通りの10代のか弱い女の子ではないの。

私も負けじと睨み返したのに、だからといって殴りかかってきたりとか手を出してくる気配はない。

子供には平気で手を出すのに大人に対しては随分大人しいじゃない。

「オリビア！　危険だから下がるんだ」

「ヴィル、でもこの人を何とかしないと子供たちが……」

「あんたたち止めときなよ……その人は……」

村人の一人が私たちに恐る恐る声をかけてきた。そういえば子供たちがこんな目にあっているのに村人は遠目で見ているだけで、助けようとする者は誰もいない。

どういう事？　この人が何だというの？　私が納得できないでいると、遠くから少し高めの男性の声が響き渡った。

「ここで何をしている!?」

皆がその声の主の方を振り返ると、そこには頭頂部に毛が全くない少し小太りだけど小柄な男性が立っていたのだった。

「ベ、ベケット卿……！」

村人の一人がそう言った瞬間、周りの村人たちも皆、地面に頭をつけて次々とひれ伏していく。

ベケット卿がこの土地の地主なのはヴィルから聞いていたけど、国から管理を任された立場なだけなのにどうしてこんなに皆が怯えているの？

私が疑問を抱えながらヴィルの方をチラリと見てみると、彼の顔から表情が抜け落ちていて、周りから黒いオーラが見えるようなピリピリとした雰囲気を出していた。

これはかなりお怒りね……自分が管理を任せた人間がこんな事をしているのだもの、心中穏やかではいられないわよね。

でもすぐに本心を隠すかのように表情をニッコリと変えて、ベケット卿に話しかけていった。

「久しいな、ベケット卿。あの時以来だが、私を覚えているな？」

「は……え？　は、はい……」

ヴィルがそう言って近づいていくと、ベケット卿は何となく混乱しているかのような表情で返事をした。

まるでヴィルが誰か分かっていないかのような――まさか、ね。この国の王太子だし、馬車で話を聞いた感じではヴィルは面識があるようだたから、ベケット卿が分からないわけはないわ。

「父上ーー！　この者たちが私の邪魔をするのです!!」

その場の雰囲気をバッサリとぶった切るかのような大男の声に皆が面食らってしまう。でもヴィルだけは冷静で、構う事なくベケット卿に話しかけていた。

「ベケット卿、そなたに息子がいるとは初めて知ったな。嫁でももらったのか？　色々と詳しい話を聞きたい。後で邸に行くので待っていてくれ」

「え、あ、ああ、はい……わ、分かりました。では後ほど。……行くぞっ」

「え？　あ、はい！」

ヴィルが後ほど邸を訪ねるという言葉になぜあんなに慌てたのかしら。何だか悪い予感しかしないわね……ベケット卿がそそくさと大男を連れて去って行ってしまったので、残された村人たちは「どうしたんだ……」と驚きを隠せない様子だった。

いつもとは様子が違うと言わんばかりの反応ね。

「ヴィル、あの人はベケット卿、なのよね？」

「……その話は宿屋でしようか。ここは人が多いから」

そう言われて私たちはすぐに宿屋に移動し、個室に集まって彼の話を聞く事にしたのだった。

村人に聞かれたらまずい話という事は、だいたい私が考えている通りなのかしら――

「だいたい気付いているかと思うが、あの者は私の知っているベケット卿ではない。別人だ」

「やっぱりそうなの？　ヴィルの事も王太子だって分かっていないようだったし、反応がおかしいなって」

いくらベケット卿が成り上がり貴族だからって、王太子の顔が分からないのはおかしいもの。貴族になったなら国の行事などで王宮に来る事だって増えるし、実際に二人は面識があるわけだから、ヴィルが何者か分からないわけはない。

あの時のベケット卿は王族に対しての態度ではなかったから、下手をすれば不敬になってしまう言葉遣いだったのに本人はその事にも気付いていない様子だったものね……

「でもどうして入れ替わりが起きているのかしら。本当のベケット卿はどこに……」

「うん、おそらく邸に捕らえられているのではないかと思っている。なり代わるにしても貴族でなければ分からない事が多々ある。殺してしまってはすぐに偽物だとバレてしまうだろうから、しばらくは生かしているだろうな。いつからなり代わっているかは分からないが……」

「じゃあ、もし捕らえられているならすぐに解放した方がいいわね」

「ああ、それについてはゼフに動いてもらう。邸に潜入して本物のベケット卿を探してくれ」

ヴィルがゼフにそう言うと、ゼフは静かに頷いてすぐに部屋をあとにした。ソフィアはゼフが出ていったドアをジッと見つめている——心配なのね。

彼女の肩を抱いて「大丈夫よ」と落ち着かせてあげると、私のスカートを握ってぎこちなくはにかんだ。

「まずはこの事をニコライに連絡しておくとしよう……」

そう言ってヴィルはニコライ様宛に手紙を書いて伝書鳩を飛ばしに外へ行き、戻ってきてからこの後の動きについて話し始めた。

「あと1時間ほどで偽のベケット卿の邸に行こうと思っている。というのもあまり遅くなると奴らが動き出し、この宿を包囲してくるだろうから早めに動かなくてならない」

「それもそうね……以前のベケット卿の知り合いなんて邪魔に決まってるもの。ヴィルが王族だと知らないなら、なおさら消しに来る可能性が高いわね」

「お嬢様〜〜！　お嬢様の事はこのマリーが命に代えてもお守りしますので！」

私の身を案じたマリーが鼻息を荒くしてそう言ってくれる。

「マリー……嬉しいけどダメよ、それは。マリーのいない世界でどうやって生きていけばいいの？　私の為を思うなら生きていてくれないと」

「お嬢様……一生ついていきます〜〜！」

なんだか物凄く大事のような雰囲気になってしまっているけど、ヴィルを見ている限り明らかに勝算がある表情をしていたので、私にはあまり危機感はなかった。

さっきニコライ様に連絡をしていたし、きっと何か考えがあるはず。

「心配する事はない。今ニコライに連絡をしておいたので、すぐに衛兵を派遣してくれるだろうから、この宿屋への対策は打っておいた」

「やっぱり……仕事が早いわね。でもヴィルは邸に行くのでしょう？　一人は危ないわよ、いくらゼフが潜入しているとはいっても」

「……心配してくれるのか？」

私がヴィルの心配をした事が嬉しかったのか、突然柔らかい笑顔をしながら近づいてきて手を握ってくる。

物凄い笑顔だわ。悪者のところに行くんだもの、普通に心配しただけなんだけど……普段は俺様なのにこういう時はワンコみたいになるのよね。

そんな私たちをマリーがニコニコしながら見守っている。すっっっごく恥ずかしいわ。

でも懐かれているような感じなので手を振り払う事が出来ない。

「と、とにかくベケット卿のところに一人で行くのは危険だから、私も行くわ！」

「お、お嬢様！　それはいけませんっとっても危険なのですよ！」

私の言葉にマリーが顔を青ざめながら反対してきたのだった。うん、マリーならそう言うわよね。

領地で貧民街に行く時も絶対に反対されると思ったからマリーには伝えなかったんだし……

「オリビア、彼女の言う通りだ。さすがに危険だから君を連れては行けない」

「でもっ」

「その代わり、君には違う役目を担ってもらいたいんだ」

ヴィルまで反対してきたので私が反論しようとしたら、彼から違う提案をされて目が点になってしまう。

「役目？」

「ああ、この役目なら君も皆も納得するだろう」

ヴィルは得意げに笑ったかと思うと、私にその役目を言い渡して1時間後に颯爽《さっそう》とベケット卿の邸へと向かっていったのだった。

私は宿屋の入口でヴィルの後ろ姿を見送り、ニコライ様からの衛兵が到着するのを宿屋の1階のロビーで待つ事にした。

マリーもソフィアもいるここの安全が確保されなければ、動く事が出来ないわね。ヴィルはすぐにニコライ様に連絡したから大丈夫だって言っていたけど――本当にすぐに来てくれるのかしら。

不安な気持ちが時間を長く感じさせる。

私が悶々とした気持ちと闘っていると、ヴィルがベケット卿の邸に向かってから10分しか経っていないのに宿屋の前が騒がしくなっている事に気付く。

「お嬢様！　宿屋の前に――」

「何事!?」

マリーに促されて私はすぐさま宿屋の前に飛び出して行ったのだった。

◆◇◆◇◆

ベケット卿の邸は、宿屋などがある村民たちが暮らす場所から少し離れたところに建っていて、周りが木々で囲まれている。

人気のない場所なので、ここで何かあったとしても誰も気付かないだろうな。

ここに着いた時に現れたベケット卿は、見た目こそ似てはいたが全くの別人だろう。村民は騙《だま》せても私の目を誤魔化す事は出来ない。

第一私の顔を覚えていないどころか、王族に対する礼儀も全くなっていなかった。本物ならきちんとした態度をとるはずだ……私が知っているベケット卿はとても礼儀正しく、謙虚な人物なのだから。

一刻も早く助け出してやらねばならない。

いつからなり代わっていたのだ？　毎回の納税は滞納されていないはずなので、おそらくここ数カ月の話だろう。そうだとしても村民たちはすっかり偽のベケット卿に洗脳されてしまっているし、卿の安否が心配だ……

逸《はや》る気持ちを抑えながら邸の前に辿り着くと、中から偽のベケット卿が出てきて出迎えてきたので、促されるままに邸の中へと入る事になった。今もただの客人として接しているところを見ると、やはり私が王太子である事など全く分かっていないのだろうな。

あえて教えずに話を進めてやろう。

邸の中の状態は思いの外綺麗で、以前に訪れた時と同じ応接間に通されてソファに腰をおろす。

「ようこそいらっしゃいました。お待ちしておりましたよ」

「……そうか、私も会いたかったぞ、ベケット卿。少し見ない間に体格が良くなったような気がするが」

「あ、ええ、近頃は食べ物が美味しくてつい食べ過ぎてしまうのです。ははは」

この笑い方――卿の笑い方ではないな。そろそろニコライに頼んだ衛兵もやってくるだろうし、化けの皮を剥《は》いでやるか。

「そなたに会いたいと言ったのは、税の話なのだ。ここのところ納税が滞っているという話を聞いた。しかし木炭の精製が上手くいっていないようでもない。なぜ滞っているのだ？」

「へ？　納税が滞って？　そのような事は断じてないと言い切れますが……それになぜあなたが納税の事を？」

特に納税が滞っているという事実はないのだが、この話をした時のこの男の反応が見たくてカマをかけてみたのだった。

案の定、なぜ私がその話をするのかと、ボロを出し始める。

「私がこの話をする理由が分からないのか？　仕方ないな……帳簿を見せてもらえばすぐに解決する。執務室に案内してくれ」

「な、なぜ私があなたを執務室に連れて行かなくてはならないのです？」

目の前の男は私の言葉に随分と動揺した姿を晒し、必死に執務室に行かせまいとしていた。この様子だと帳簿を付けているかどうかも怪しいな。一体いつからなり代わっていたのだ――

「見せられないのか？　地主ならば付けているはずなのだから、見せられるはずなのだが……さっさと見せてもらおう」

「なんだと？　偉そうに……お、お前は誰だ!?」

「ふっ……ようやく素が出てきたではないか。ゼフ!!」

私がゼフを呼ぶと、応接間の扉を音もなく開いてゼフが入ってくる。その隣には一人の男が立っていて、ゼフが腕を抱えて支えていた。

「久しいな、ベケット卿。生きていたか……来るのが遅くなってすまない」

私が言葉をかけると、力なく俯いていた本物のベケット卿はゆっくりと顔を上げ、驚きの表情をしたかと思うと少し涙ぐんで私の名を呼んだのだった。

「ヴィ、ヴィルヘルム王太子殿下……なぜここに……」

「お、お、王太子殿下?!!」

目の前にいる私が王太子だと知って、偽物は今にも泡を吹いて倒れてしまいそうなほど驚いた表情をしている。目玉がこぼれ落ちてきそうだ。

さすがに王族相手にする態度ではなかったからな。まさか王太子がここにいるとは思わなかったのだろう。

「……っ……ぐぬぬっ……ダウンヒル!!」

悔しそうに下唇を噛んでいた偽物は、一人の人間の名前を叫んだかと思うと、宿屋で暴れていたスキンヘッドの男がよろよろと入ってくる。

「あ、兄者《あにじゃ》……」

「な、お前、どうしたんだその姿は！」

スキンヘッドの男は見るからにボロボロで足元もおぼつかない感じで偽物に縋《すが》りついていった。これは……ゼフの仕業だな。

そう思ってゼフの方をチラリと見ると力強く頷いてきたので、ゼフとしてはやるべき事をやって任務をやり遂げたという気持ちなのだろう。

「そろそろ観念したらどうだ？　私に不敬をはたらいた事も今なら恩赦してやってもいい。ひとまず王都に連行されるのは避けられないだろうがな」

「……おのれぇぇぇぇ皆の者!!」

私の言葉に逆上した偽物が叫んだと同時に、応接間の右奥の扉から邸の者たちがぞろぞろと入ってくる。中には悪そうな者もいて、そいつらに促されるように邸の者が来たという感じか。おおかたこの悪そうな者たちは偽者の仲間で、邸の者たちをベケット卿の身柄を盾に脅していたのだろうな。

「お前たち！　この者らを捕まえるのだ！　殺してもいいぞ‼」

「私を殺してもいいとは随分偉くなったものだな」

「ふんっ、ここの周りは深い森だ。殺して埋めてしまえば誰にも気付かれる事はない……王太子殿下は旅の途中で行方不明とされるだろう」

「私を殺すにしては陳腐な作戦だ。もう少し頭をひねった考えはないのか？」

実にくだらないと言わんばかりにクレームを入れると、バカにされたと思ってカッとなった偽物は逆上して私に襲い掛かってきたのだった。

「森の土に還るといい！　死ねぇぇぇ‼」

こんな小者に王家の土地で好き勝手されていたかと思うと実に腹立たしいな。だがしかし、そろそろか……あとは彼女に任せるとしよう。

「そこまでよ！　止まりなさい、偽物‼」

艶のある美しい声を響かせて応接間に入ってきたオリビアは、沢山の衛兵を引き連れて邸に乗り込んできた。

私の指示した通り、ニコライが派遣した衛兵を連れてきてくれたのだ。

偽物が私に攻撃してくるのは分かっていたし、そのタイミングで……もしくは大人しく捕まる場合でも衛兵が必要だから邸内に入って待機していてくれと指示しておいた。

これなら衛兵がオリビアを守ってくれるし、彼女を危険に晒す事なく彼女にも役目を与える事が出来ると考えたのだが、我ながら完璧な作戦だったと自画自賛しておこう。

それにしてもオリビアの張りのある声も素晴らしいな。こんな状況なのに彼女の存在がそこに在るだけで、顔が緩みそうになるのを我慢するのが大変だ。

こんな事をオリビアに言おうものなら、きっと呆れたような顔をされてしまうだろう。でもそんなところも微笑ましい。

私が自分の世界に浸っているうちに衛兵が次々とやってきて、この偽物兄弟を連行するにしては仰々しい事態になっていた。

「この者たちは貴族になり代わり、民を虐げていた罪で王都に連行します。よろしくお願いね」

「はっ！」

オリビアがテキパキと指示し、偽物兄弟を連行していく。するとベケット卿になり代わっていた兄の方は私の方を睨み付けながら、不思議な言葉を言い放った。

「そうやって笑っていられるのも今の内だ。あのお方が召喚《しょうかん》されればお前など……」

「あのお方？」

咄嗟に聞き返したが、偽物は私の問いには一切答えずに何か独り言を呟きながら連行されていった。

召喚？　何の事だ？　ザワザワと胸騒ぎがしてくる……

「ヴィル、何かあったの？」

私が難しい顔をして考え込んでいると、オリビアが心配して声をかけてくれた。彼女の声を聞いて少し気持ちが和らいだ気がする。

今考えたところで答えは出ない。

「いや、何もないよ。それにしても物凄い衛兵の人数だな……」

「ニコライ様が派遣してくれたのだけど、宿屋の前に集まった衛兵たちを見てマリーも焦っていたわ。こんなに集めてくれるなんて私もびっくり」

「王都に帰ったら礼を言わねばならないな」

「そうした方がいいわよ……ほら」

オリビアが私の目の前に小さな紙をヒラヒラと見せてきたので何が書かれているのかと思ったら、そこにはニコライからの短いメッセージが書かれていた。

『早く帰るべし』

「……これは覚悟しなければならないな」

「うふふっ仕方ないわね！　人使いの荒い王太子殿下の側近は大変なのよ」

そう言いながらオリビアがとびきりの笑顔を見せて笑うので、ニコライからの嫌味も耐えられそうな気がしたのだった。

◆◇◆◇◆

ベケット卿は地下室に軟禁されていて、ゼフが見つけた時はかなりの脱水症状で弱っていたものの、命に別状はないと診断された。

あの後すぐに本物のベケット卿をベッドに寝かせ、そこでヴィルと二人で、彼に事の経緯を聞いたのだった。

「そうか、2カ月くらい前に突然奴らが来て、邸を占拠されてしまったのだな。そして地下室に……まだそれほど月日が経っていなかったから納税の方も問題は起きていなかったという事か」

「はい……見た目だけは私と似ていた事もあって村民も逆らえず、邸の者も私の命を盾に取られてしまい従うしかなかったようで……陛下や殿下から任された土地でこのような事になり、大変申し訳ございません」

2カ月くらい前と言えば、私が転生する少し前からになるわ。私が転生して目覚めてからはヴィルもバタバタしていたし、公爵領に来る時も馬をとばして来たから気付くのが遅れてしまったわね。

偶然ここに泊まる事になったから良かったけど、もう少し遅かったらベケット卿の命は危なかったかもしれない。

「ひとまず無事で良かったわね。ここに泊まる事にして正解だったわ」

「クラレンス公爵令嬢……感謝いたします」

本物のベケット卿は本当に礼儀正しいし、紳士な感じだわ。偽物とは全然違う……ヴィルが違いにすぐ気付いたのも頷けるわね。

私たちが色々と話していると外はすっかり日が落ちていて、開いていた窓から遠くの方で賑やかな声や音楽が聞こえてくる。

「何だかお祭りのような音が遠くから聞こえてくるわね。村で何かやっているの？」

「多分、村民が奴らから解放された事で、お祭り騒ぎをしているのでしょう……ずっと抑圧されていましたので、私としてもお詫《わ》びの意味も兼ねて、先ほど許可を出しましたから」

「まぁ……ソフィアが喜びそう。私も参加しようかしら」

「じゃあ、そろそろ行こうか、お祭りが終わる前に戻らなければ」

あら、ヴィルも参加したいのかしら。こちらの世界でわいわい騒ぐなんて初めてだからワクワクしちゃうわね。

「ではベケット卿、お体ご自愛くださいね」

「体が回復したら王都に顔を見せに来てくれ、父上もお会いしたいだろうから」

「は、はい！　何から何まで感謝いたしますっ」

ベケット卿はベッドに顔が埋まってしまうのではと思うくらい頭を下げ、私たちは彼の邸をあとにした。

帰り道では遠くから音楽や笑い声が聞こえてきて、解放された喜びが伝わってくる。もう子供たちがあんな風に虐げられる事はないわね……良かった。

それにしても偽物が放った言葉——ヴィルの近くにいたから偶然聞こえてしまったけど、あのお方が召喚されればとは——

あれはきっと聖女様の事よね。もしかしてあの二人は教会の手の者なの？　司祭や司教クラスではないから教会の縁者なのかは現時点では分からない。

もし教会の支援者とかそんな立場の者だったとしたら、こんなところにまで入り込んでくるなんて。

じわじわと侵食されているみたいで恐ろしい事だわ。公爵家に戻ったらお父様に報告しないと。

「偽物の言葉が気になる？」

「あ……ええ、ちょっと気になって色々考えていたの。もしかしてあの者たちは――」

「教会の手の者ではないかと？」

……何で私の考えが分かったんだろう、凄い洞察力。私が驚いて固まっていると、柔らかい笑みを浮かべて手を繋いできた。

「オリビアが目覚めてから、色々と解決出来て良い方向へ向かっていると私は思っている。大丈夫だ」

ヴィルは、私の不安を打ち消すかのように力強い声でそう断言してくれた。私が色々と動いてきた事もよく分かっているからそんな事を言ってくれるのね。

胸のモヤモヤがスッと晴れたかのような気持ちになった私は、繋いだ手を引っ張って足早に皆のもとへと駆けだした。

「早く戻りましょう！　皆が待ってるから」

私に引っ張られる形になって苦笑するヴィルをぐいぐい引っ張って村へ戻ると、すでにマリーやソフィア、ゼフもお祭りを楽しんでいるようだった。

「お嬢様ーー！」

マリーがこれでもかというくらい大きく腕を振ってくれているわ。ソフィアは私の元へ駆けてきてくれて「おかえりなさい」と言ってくれる。

やっと皆の元へ戻って来られたわね——食べ物を食べながらホッと一息ついて、椅子に座り喜びに溢れる村民たちを眺めていた。

宿屋の前は広場みたいになっているので、そこでは大きな焚き火の周りを村民が歌を歌いながら踊ったりしている。

皆解放されたからか笑顔が弾けているわ……それにキャンプファイヤーみたいですっごく楽しそう。私も踊ろうかな、踊り方は分からないけど。

「ちょっと行ってくるわね！」

私が踊りの輪の中に入っていくと、マリーが追いかけてきて、その後をヴィルが続いて入ってきた。ソフィアも入りたがったのでゼフに連れられてやってきて、その夜は皆で楽しく踊り明かしたのだった。

――翌朝――

「だ、大丈夫か、オリビア……」

ヴィルが馬車に乗る時に私に手を貸しながら、心配そうな声をかけてくれていた。皆の心配そうな視線が痛いわ――

「やっぱり無茶をするんじゃなかったわね……踊りはほどほどにしましょう」

普段から運動しているわけではないオリビアの体には、昨夜の出来事がなかなか体に響いたようで、体中が筋肉痛に見舞われてしまう。

ヴィルやゼフは普段から鍛えているし、ソフィアもマリーも途中から抜けていたから、私だけが筋肉痛で悶絶《もんぜつ》しているという。

「帰ったらゆっくり湯に浸かってお休みしましょう」

「マリー……」

マリーの優しさに癒されつつも自分のあまりにも情けない姿に恥ずかしくなって、王都に戻ったら絶対に肉体改造しようと固く誓いを立てる。

馬車は私に合わせてゆっくりと街道を走っていき、夜になるまでには無事に公爵邸に着いたのだった。

あとがき

こんにちは、Ｔｕｂｌｉｎｇ（タブリング）と申します。

この度は拙作『悪役令嬢に転生した母は子育て改革をいたします〜　結婚はうんざりなので王太子殿下は聖女様に差し上げますね〜』をお手に取っていただき、誠にありがとうございます。

この作品を書き始めた時はまさか書籍として世に送り出せるとは思わず……というのもこの作品は私がｗｅｂで投稿した初めての作品なのです。

プロット作るのも初めて、ましてや物語を文章にするのも初めてで、全てが手探りの状態……とにかく書きたいものを勢いに任せて書いた物語でした（汗）

最初にプロットを作る時に、前世で母親だった人物が異世界に転生したら何をするだろうか？　というひとつの疑問から始まりました。

私自身2人の子供を育てていて、もし自分が転生したら……など自分に置き換えて考えたりもして……様々な子育て改革が日本では進められていますが、子供たちが健やかに育つ世の中でなければどんな世界でも未来は明るくないはず、という思いから子育て改革をしちゃう令嬢にしよう！　とオリビアが誕生しました。

中身は3児の母、子供の人間なのでとても包容力抜群です。

ヴィルヘルム王太子殿下にすら、無意識に母性を発揮している感じもしなくもない。

しかし現実世界と同じで、子育て改革というのは一筋縄ではいかないもので、オリビアの世界も世の中の仕組みを変えるくらいの出来事がなければ、なかなか変わらないだろうなと……

そう思って書いている内にとっても長くなってしまいました（汗）

王太子殿下との関係も一筋縄ではいきません。

前世で男性不信に陥ってしまっているので、信頼関係を築くのに時間が必要でした。

結局恋愛ファンタジーというよりは異世界ファンタジー寄りの作品になっていきましたが、それはそれで良しと納得しております。

異世界なので完全に自分の想像で書けるのがとてもいいところです。

魔法なども入れたらもっと凄いバトルも入り混じった作品になったかもしれませんが、子育て改革なのでリアルな部分もなければ説得力がないと考え、魔法は入れませんでした。

オリビアがひとつひとつ、自分で動いて自らの努力で解決していく……そんな物語にしております。

でも中世のような煌びやかな世界、ファンタジーな世界観も出したかったので、王都編ではその辺りもガラッと変わっているところかと思います。

俺様なヒーローが好きで今回のヴィルヘルム王太子殿下も俺様なのですが、とにかく彼は人気がないキャラクターでした（笑）

でも実は作者的には結構お気に入りです。人間くさい部分が多々あり、策士でありながら割と単純で、彼にも色々と悩ましい事情があり、毒親に振り回されながらも王太子としての責任を全うしようとするところがオリビアの母性をくすぐったのかなと思います。ヴィルヘルム頑張れ！

本著で領地編が終わり、この後王都に戻って王都編が始まるのですが、そちらでは陛下や王妃殿下、聖女様、そしてさらに新たなキャラクターも出てきてとっても賑やかになっていきます。

そして最後の真犯人は誰なのか……最後の最後まで分からないように気を付けながら執筆いたしました。

読んでいると気付いてくださる読者様もいらっしゃったのですが、登場人物のカップリングも意識して書いております（笑）

誰と誰がくっつきそうかなーなんて妄想しながら読んでいただければ幸いです。

きっと登場人物毎に様々なドラマがあると思うんです……それを全部書いてると物語が脱線してしまうので、ちょいちょい入れるくらいにとどめましたが（笑）
もっと色々書きたかったなー今回番外編だけでも書いていて、とても楽しかったです！
ニコライ様の大変さも感じていただければ幸いです（笑）
領地からの帰りがあっさり終わらせてしまったのが心残りだったので、番外編で補填できて満足しました。色々と大変な思いをしたオリビア達だったので、温泉から帰り道もほのぼのと過ごしてくれたらなと思い、夜はどんちゃん踊って美味しいモノ食べて、といった感じにしましたがいかがでしたでしょうか？
きっとクリナート村はもう大丈夫ですね。村の子供たちも元気に走り回っている事でしょう。
いつの時代も悪人が権力を持つと、そのあおりを受けるのは弱き者です。ヒーローとヒロインという次世代の上に立つ者が解決するという事に意味があるのかなと、そんな気持ちで書かせていただきました。

これを書き始めたのは２０２３年11月からで、ｗｅｂでの投稿開始が12月26日～、完結したのが３月７日、そして今あとがきを書いているのが７月という、何ともスピーディーな展開ですね！　自分でもビックリです。

この作品が発売される頃には北海道の木々は色が変わり始める頃でしょうか。

近頃は猛暑の日本列島ですのでまだまだ暑い日々が続いているかと思いますが、読者の皆様もお体ご自愛ください。

そしてふとした瞬間にこの作品を読んで楽しんでいただければ幸いです。

最後になりましたが、担当様には初めての書籍化にあたり、様々な面でサポートしていただき、本当にありがとうございました！　人に恵まれたとしか言いようがないです。

素敵なイラストを描いてくださったノズ様、ありがとうございます～～こんな新人作家の為に美麗過ぎるイラストを描いてくださって、カバーラフをいただいた時点でむせび泣きました。即待ち受けです、ご馳走です。

そして本を置いてくださる書店様やこの本に関わってくださる全ての皆様にお礼申し上げます。

この本をお手に取ってくださった読者の皆様にも重ねて感謝させてください。ありがとうございました！

王都編もぜひ皆さまにお届け出来る事を切に願っております。それでは、またお会い出来る日まで。

次世代型コンテンツポータルサイト

ツギクル https://www.tugikuru.jp/

「ツギクル」はWeb発クリエイターの活躍が珍しくなくなった流れを背景に、作家などを目指すクリエイターに最新のIT技術による環境を提供し、Web上での創作活動を支援するサービスです。

作品を投稿あるいは登録することで、アクセス数などの人気指標がランキングで表示されるほか、作品の構成要素、特徴、類似作品情報、文章の読みやすさなど、AIを活用した作品分析を行うことができます。

今後も登録作品からの書籍化を行っていく予定です。

ツギクルAI分析結果

「悪役令嬢に転生した母は子育て改革をいたします　～結婚はうんざりなので王太子殿下は聖女様に差し上げますね～」のジャンル構成は、ファンタジーに続いて、恋愛、歴史・時代、SF、ホラー、ミステリー、現代文学、青春、童話の順番に要素が多い結果となりました。

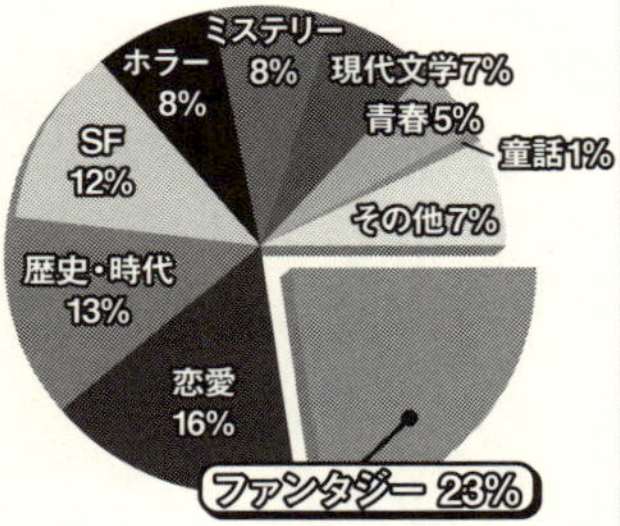

期間限定SS配信

「悪役令嬢に転生した母は子育て改革をいたします ～結婚はうんざりなので王太子殿下は聖女様に差し上げますね～」

右記のQRコードを読み込むと、「悪役令嬢に転生した母は子育て改革をいたします　～結婚はうんざりなので王太子殿下は聖女様に差し上げますね～」のスペシャルストーリーを楽しむことができます。ぜひアクセスしてください。

キャンペーン期間は2025年3月10日までとなっております。

ダンジョンキャンパーズ
~世界で唯一、冥層を征く男は配信で晒された~
著：蒼見雛
イラスト：Aito
一人隠れて探索していたのに、うっかり身バレ！
ダンジョン最奥でキャンプする謎の男、現る！
異端の冒険者、世界に混乱を配信する！
コミカライズ企画進行中！
冥層。それは、攻略不可能とされたダンジョン最奥の階層。強力なモンスターだけでなく、人の生存を許さない理不尽な環境が長らく冒険者の攻略を阻んできた。
ダンジョン下層を探索していた配信者南玲は、運悪くモンスターによって冥層に飛ばされ遭難。絶望の中森を彷徨っていたところ、誰もいないはずの冥層でログハウスとそこでキャンプをしていた青年白木湊に出会う。
これは、特殊な環境に適応する術を身に着けた異端のダンジョンキャンパーと最強の舞姫が世界に配信する、未知と興奮の物語である。
定価1,430円（本体1,300円＋税10%）
978-4-8156-2808-6
ツギクルブックス
https://books.tugikuru.jp/

田舎町でのスローライフを夢見てお金をため、「いざスローライフをするぞ」と引越しをしていた道中で崖崩れに遭遇して事故死。しかし、その魂を拾い上げて自分の世界へ転生を持ち掛ける神様と出会う。ただ健やかに生きていくだけでよいということで、「今度こそスローライフをするぞ」と誓い、辺境伯の息子としての新たな人生が始まった。自分の意志では動けない赤ん坊から意識があることに驚愕しつつも、魔力操作の練習をしていると――

これは優しい家族に見守られながら、とんでもないスピードで成長していく辺境伯子息の物語。

定価1,430円（本体1,300円＋税10%）　ISBN978-4-8156-2783-6

2024年12月、
最新18巻
発売予定！
もふもふを
知らなかったら
人生の半分は無駄
にしていた
1～17
著／ひつじのはね
イラスト／戸部淑
冒険あり、癒しあり、笑いあり、涙あり
もふもふたちに囲まれた
異世界スローライフ！
魂の修復のために異世界に転生したユータ。異世界で再スタートすると、
ユータの素直で可愛らしい様子に周りの大人たちはメロメロ。おまけに妖精たちがやってきて、
魔法を教えてもらえることに。いろんなチートを身につけて、目指せ最強への道？？
いえいえ、目指すはもふもふたちと過ごす、穏やかで厳しい田舎ライフです！
転生少年ともふもふが織りなす
異世界ファンタジー、開幕！
1巻：定価1,320円（本体1,200円+税10%）978-4-8156-0334-2
2巻：定価1,320円（本体1,200円+税10%）978-4-8156-0351-9
3巻：定価1,320円（本体1,200円+税10%）978-4-8156-0357-1
4巻：定価1,320円（本体1,200円+税10%）978-4-8156-0584-1
5巻：定価1,320円（本体1,200円+税10%）978-4-8156-0585-8
6巻：定価1,320円（本体1,200円+税10%）978-4-8156-0696-1
7巻：定価1,320円（本体1,200円+税10%）978-4-8156-0845-3
8巻：定価1,320円（本体1,200円+税10%）978-4-8156-0864-4
9巻：定価1,320円（本体1,200円+税10%）978-4-8156-1065-4
10巻：定価1,320円（本体1,200円+税10%）978-4-8156-1066-1
11巻：定価1,320円（本体1,200円+税10%）978-4-8156-1570-3
12巻：定価1,320円（本体1,200円+税10%）978-4-8156-1571-0
13巻：定価1,320円（本体1,200円+税10%）978-4-8156-1819-3
14巻：定価1,320円（本体1,200円+税10%）978-4-8156-1985-5
15巻：定価1,320円（本体1,200円+税10%）978-4-8156-2269-5
16巻：定価1,320円（本体1,200円+税10%）978-4-8156-2270-1
17巻：定価1,540円（本体1,400円+税10%）978-4-8156-2785-0
ツギクルブックス
https://books.tugikuru.jp/

転生貴族の優雅な生活
1〜2
著 綿屋ミント
イラスト 秋吉しま
これぞ異世界の優雅な
貴族生活!
本に埋もれて死んだはずが、次の瞬間には侯爵家の嫡男メイリーネとして異世界転生。言葉は分かるし、簡単な魔法も使える。
神様には会っていないけど、チート能力もばっちり。
そんなメイリーネが、チートの限りを尽くして、
男友達とわいわい楽しみながら送る優雅な貴族生活、いまスタート!
1巻：定価1,320円（本体1,200円＋税10%）978-4-8156-1820-9
2巻：定価1,430円（本体1,300円＋税10%）978-4-8156-2526-9
ツギクルブックス
https://books.tugikuru.jp/

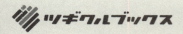

ツギクルブックス

愛読者アンケートに回答してカバーイラストをダウンロード！

愛読者アンケートや本書に関するご意見、Tubling先生、ノズ先生へのファンレターは、下記のURLまたは右のQRコードよりアクセスしてください。
アンケートにご回答いただくとカバーイラストの画像データがダウンロードできますので、壁紙などでご使用ください。
https://books.tugikuru.jp/q/202409/kosodatekaikaku.html

本書は、「小説家になろう」（https://syosetu.com/）に掲載された作品を加筆・改稿のうえ書籍化したものです。

悪役令嬢《あくやくれいじょう》に転生《てんせい》した母《はは》は子育《こそだ》て改革《かいかく》をいたします
～結婚《けっこん》はうんざりなので王太子殿下《おうたいしでんか》は聖女様《せいじょさま》に差《さ》し上《あ》げますね～

2024年9月25日　初版第1刷発行

著者　Tubling《たぶりんぐ》

発行人　宇草 亮
発行所　ツギクル株式会社
〒105-0001　東京都港区虎ノ門2-2-1
発売元　SBクリエイティブ株式会社
〒105-0001　東京都港区虎ノ門2-2-1

イラスト　ノズ
装丁　株式会社エストール

印刷・製本　中央精版印刷株式会社

ISBN978-4-8156-2806-2
Printed in Japan